This book belongs to

_____

Children's
POOLBEG

This book belongs to...

BUGSY GOES TO GALWAY

CAROLYN SWIFT

BUGSY GOES TO GALWAY

Children's
POOLBEG

To Peadar Lamb, with thanks for his help.

First published 1991 by
Poolbeg Press Ltd
Knocksedan House,
Swords, Co Dublin, Ireland

© Carolyn Swift, 1991

The moral right of the author has been asserted.

ISBN 1 85371 147 0

Cover design by Duo Design
Set by Richard Parfrey in New Century Schoolbook 12/14.5
Printed by The Guernsey Press Company Ltd,
Vale, Guernsey, Channel Islands

Festival time
On the Coral Strand,
Look at the lough and quarry the land.

Pot the lobster,
Cradle the crab,
Spot the landlord and pick up the tab.

Too much excitement
Ends in tears,
A fairy godmother appears.

Contents

CONTENTS

1

Festival Time

t the first sight of Galway Bay, Bobby began to behave as if he were on holiday.

"The sea!" he shouted. "Look, Kate! The sea!"

Kate, crammed between Bobby and Chris in the front of the van, peered eagerly out of the window on her brother's side. With the heavy scenery in the back, it had been a long, slow journey up from Cork and even she had begun to think that touring with her father's theatre company could sometimes be boring. In the past, when she and Bobby had had to spend their summer holidays with Aunt Delia, she had pictured it as being all glamour and excitement. Now she knew that the magic of applause from an enthusiastic audience was only part of the story. There was also the tension of first-night nerves, with all the company on edge and ready to bite your head off, to say nothing of hard work, tiring journeys and a lot of wearisome hanging about while the van was loaded or the set lit.

It had been bad planning to play Limerick before Cork and then have to drive all the way back through Limerick again on the way to Galway. Her father had grumbled about that from the start, but she knew it was not her mother's fault. She had planned it the other way round, but the theatres had had other bookings and she had had to take the dates they could give her. The important thing was that they would be in Galway this week: the week of the Galway Arts Festival.

Bobby's disappointed cry interrupted Kate's thoughts.

"It's gone again!" he wailed. "You can't see the sea any more!"

Chris laughed.

"Don't worry, Bugsy," he said, slowing almost to a halt as the heavy traffic flowing in ahead of them along the Dublin Road produced a half-mile tailback. "'Twill come back again soon enough."

"Is the theatre near the sea then?" Kate asked hopefully.

"Couldn't be nearer," Chris told her. "Leisureland is right on the seafront at Salthill and the digs only an ass's gallop further on."

"Yippee!" Bobby shouted. "If we get a move on we could have a dip this evening."

But the traffic into Galway was heavy and they crawled on past the hospital and the Galway Ryan Hotel while Bobby fretted and fumed with impatience. When they reached Leisureland he let out a whistle.

"Is this the theatre?" he asked.

"It must be. There's Pat and Maggie's car," Kate answered, catching sight of the battered old black Audi parked outside.

"But it's huge!" Bobby gasped, as Chris turned into the car park and pulled in beside the Audi.

"The theatre's only part of it, stupid," Kate scoffed. "Let's go and look around."

"I want to go straight to the beach," Bobby cried, wrenching open the van door and pulling his hold-all from the top of the costume skip.

"Hang on, Bugsy," Chris told him. "I may need you to help with the unloading."

Bobby groaned but then, as he saw their mother hurrying down the wide steps from the entrance with two men at her heels, he took a second glance at Chris's face and caught the laughter in his eyes.

"You don't cod me!" he shouted. "Maggie has it all under control."

"You needn't run off, all the same," Maggie Masterson called after him. "I'll be dropping you round to the digs as soon as I'm sure they all know what they're doing."

"I'm only going for a swim," Bobby called back.

"Oh no, you're not! Not now!"

Maggie's voice was crisp and full of authority. For such a small woman, their mother was terribly bossy, Kate thought, but then she had to be to run a theatre company like theirs. It took a lot of bossing to organise everybody and stop them going in all directions like sheep. As for Pat Masterson himself, when he was learning a new part you'd nearly have to hit him over the head to get his attention.

"Ah, Maggie!" Bobby was protesting. "I'm dying for a swim!"

"Haven't you the whole week?" his mother said. "I want you here in half an hour, d'you hear me?"

Then she turned away to introduce Chris to the two men. After he had shaken hands with Chris, the taller of the two turned back to the crestfallen Bobby.

"The beach is better further up anyway," he

said. "You could have a quick dip in the pool here for now."

"You mean, there's a pool right here, in Leisureland?" Kate asked.

"On the left at the top of the steps. They might even let you in for free if you tell them you're playing the hall this week."

"Deadly!" Bobby yelled and ran up the steps with Kate behind him.

The pool was crowded, but it was wonderful to stretch out in the cool water, after being cramped and hot on the long drive, so they were both in high good humour as they waited obediently beside the Audi half an hour later. Maggie, on the other hand, arrived tired and cross.

"We're not going to be able to use the front-of-house tabs," she told them. "We'll have to work off the lighting. We've had to put the set downstage of the tab line."

"Why's that?" asked Kate.

"Because by law you must be able to bring down the safety curtain in case of fire," Maggie explained. "We extended the stage in front because the hall is so big that the audience would be miles away if we didn't, but I'd hoped to have half the set on the stage proper. Unfortunately, there was no way we could bring the safety curtain down if we did that."

"So how do we get on and off for our down-stage entrances?" Bobby asked.

"We'll have to put up screens," Maggie said. "It's a bloody nuisance. And, another thing: except when the safety curtain is down you'll all have to keep quiet as mice. There's only one dressing-room and of course your father will have that, so the rest of you will have to change on the stage behind the set."

"What, all of us?" Bobby laughed. "Chloe's not going to like that."

"We'll hang a curtain down the middle of the stage," Maggie told him, "to make a ladies' and a gents' dressing-room."

"That's not what I mean," Bobby grinned. "It was the idea of Chloe having to share a dressing-room with the extra."

"Well, it can't be helped," his mother said. "And I dare say it won't be the first time."

Kate thought that would be no consolation to Chloe. Chloe Kennedy considered herself Pat Masterson's leading lady and, as such, expected a dressing-room to herself. Nevertheless, if there was only the one, there was no doubt that her father would have to have it. Chloe could think what she liked, but everyone knew there was only one star in their company.

The digs were only a short distance away, as Chris had said, near the top of a road that ran straight down to the front. When they arrived, Mrs Donnelly welcomed them as if they were long-lost cousins.

"Isn't she lovely?" Kate whispered to Bobby across the tea table, after she had looked in to see if they would like more of anything. Bobby only grunted, because his mouth was full of sausage. Then he went back down to the theatre with Maggie for the dress rehearsal and Kate was on her own again.

It was just like it had been in Limerick and Cork, Kate thought, and it would probably be the same in Wexford, Waterford and everywhere else. Pat might have thought her understudy performance in Limerick good, but the fact remained that as long as they were playing Lady Gregory's *Shanwalla* there would be no part for her. Pat had talked about trying to find a play for next year which had a part in it for her, but that was all in the future. For the time being she would still be the only one not involved in all the hustle and bustle of preparation.

"I'm sorry. I thought you'd all finished."

Mrs Donnelly was in the dining-room doorway, already turning to leave again. Kate sprang to her feet.

"Oh, I have!" she said. "I was dreaming. Please go ahead and clear. Can I give you a hand?"

"Not at all. You sit there and take your ease. I wouldn't have come in at all only I thought I heard the car leave."

"You did!" Kate told her. "The others went off to the theatre."

"I'm surprised at them, then, leaving you here all on your own."

Mrs Donnelly began stacking the tea things on the tray and Kate added the milk jug and the butter dish.

"I'm used to it now," she explained. "Not being in the cast, it's always the same in the evenings, except for the first night, when I go to watch the show."

"And are you not lonely, with no one to keep you company?"

"I have my book," Kate told her, "so I don't mind the evenings. It's Monday mornings I hate, when none of them wants to talk to me, but maybe tomorrow Bobby might come to the beach with me. Usually he'll go nowhere before a first night, but he's so mad to get swimming he might be different tomorrow."

"Maybe so, but either way there's no need

for you to be by yourself. If you want to read I'll switch on the table lamp in the living-room, or you can turn on the television. But if it's company you want you can come in and talk to me, if you don't mind the kitchen."

"Of course I don't, and I'd rather talk to you if you don't mind," Kate said, "because I can read my book any old time."

"In that case, you can carry the teapot and save me the journey back for it," Mrs Donnelly said.

So Kate followed her across the hall and through the door beside the loudly ticking grandfather clock into the kitchen. It was just like Mrs Donnelly herself, Kate thought: large, neat, tidy and businesslike, but somehow easy-going at the same time. She supposed it was because it had not only to provide meals for the guests but was also the place where Mrs Donnelly and her husband ate themselves, at a table in the corner that was covered in a red-and-white check cloth. Mr Donnelly was sitting at it at that very moment, reading the *Connacht Tribune* and drinking his tea.

"This is the Masterson girl," Mrs Donnelly explained to him, "and she's come to keep us company for the evening. Sit into the table, child, and try a cut of my cherry cake."

"Oh, I couldn't, thanks, Mrs Donnelly," Kate began, but Mr Donnelly interrupted her.

"Indeed and you can! I never yet met the person that couldn't find a corner for Maureen's cherry cake. Aren't they coming from the four quarters of the globe for a taste of it?"

"Give over your foolishness," his wife exclaimed, "and move your old paper out of my way," but she sounded pleased all the same.

Mr Donnelly was just the sort of husband you'd expect Mrs Donnelly to have, Kate decided, though she felt they should be sitting on either side of a turf fire in a cottage on the side of a mountain, with the ticking of the grandfather clock the only sound to be heard, instead of the constant hum of passing cars that streamed up the hill from the sea front.

"I was thinking," Mrs Donnelly said, as she stacked the dirty delph in the dishwasher, "that if she is on her own again tomorrow, she might like to take a run out to the islands. Haven't you to go out that way to inspect that factory in the morning?"

"Not this week," her husband replied. "I finished with Lettermore on Friday. I'm for Carraroe tomorrow, and for the next day or two as well, I wouldn't wonder."

"And isn't it all the same to her and she

never having been to either place? We can't have her going back to Dublin without so much as a glimpse of Connemara and she a week living right on the edge of it. And wouldn't it be better for her than hanging around the front here by herself? She'll have time to spare for swimming during the week, when her brother can go along with her."

"She can come with me and welcome," Mr Donnelly said, "provided she doesn't mind the hanging about while I do my business. I'll be a good few hours sorting out the lads that'll be working on the watch-tower at Lough Natawnymore."

"What harm?" Mrs Donnelly argued. "She'll be a lot safer on her own there than at Salthill. You know the rough sort that sometimes hangs around there this time of the year."

"I'm able to look after myself, Mrs Donnelly," Kate told her, feeling that her plans were all being made for her without anyone asking her what she wanted. "I'm not a baby."

"And you don't need to be," Mrs Donnelly answered. "The place is crowded with all sorts here for the Festival crack and with the horse-play I saw last Saturday evening I don't mind telling you I was glad enough to have had my fellow with me."

"Let the child please herself, Maureen," Mr Donnelly interrupted, as if he sensed the way Kate felt. "We haven't the right to be taking over another woman's rearing just because our own's away in Australia."

"Oh, but I'd love to go with you, Mr Donnelly," Kate said, happy once her rights had been accepted. "It would be great if Bobby's going to the theatre and if it's no trouble."

"Yerrah, what trouble?" Mr Donnelly waved the suggestion aside with a sweep of his paper. "Only we'd want to make an early start of it. I've to be out there by ten."

"I'm always up before the others," Kate told him, "so I don't mind starting early. What time would we leave?"

"The traffic can be bad along the coast road this time of the year," Mr Donnelly said, "so we should aim to hit the road by 9.15."

Kate laughed.

"I don't call that early," she said. "I leave a lot earlier than that every day for school."

"Ah," Mrs Donnelly cut in, "but you're on your holidays now. I'll have your breakfast for you at half-eight and you can let me know then if you're for Carraroe or not."

"If you are, you should bring your swimsuit," Mr Donnelly added. "The Coral Strand's only a mile or so from the tower and the water's a lot nicer there for swimming than it is here, so close to the city."

Kate had stayed on chatting to the Donnellys in the kitchen and answering all Mrs Donnelly's questions about the Mastersons and their company.

"Why," she finally asked, "does all the crowd call your brother Bugsy, when his name's Bobby?"

Then Kate had to tell her the whole story of how Bobby had driven them all mad the Christmas he had had a small part in *Bugsy Malone* for another management until Pat had called in exasperation for someone to keep that Bugsy quiet and the nickname had stuck. Only when Kate heard Bobby's voice in the hall did she realise the time had passed so fast that the others were already back from the dress rehearsal.

"Are we going for a swim in the morning?" she asked Bobby at once, but his glum expression gave her the answer before he spoke.

"Can't!" he said shortly. "Everything was a mess tonight and we've to have another run through in the morning."

"Why? Whatever happened?" Kate asked, for even when they had opened in Limerick they had had no more than a word call to check lines on the morning they opened.

"The set had to be adjusted to fit it on the rostrum," Bobby exclaimed, grimacing. "All the sightlines are changed and Pat did his nut when Maggie told him he couldn't be seen from the ends of the rows!"

Kate nodded. There was nothing in the world more likely to make Pat angry than not being seen centre stage with the spotlight full on him.

"So we have to check all the crowd scenes again tomorrow," Bobby continued, "and of course that means the courtroom scene. I told Pat I'd only the one line and I couldn't see why he needed me but he exploded and said I was to be there. Just when I felt I'd played the part long enough to be able to go swimming before a first night!"

"Pity about you!" Pat was in the doorway behind them and Bobby hoped he had only overheard his last few words. "If that's all you have to worry about you'll be lucky. The way the booking looks at the moment there may be no one there to care what way you do it!"

"Is it that bad?" Kate asked in surprise. "I thought the hall would be packed with the Festival on."

"So did your mother," Pat said, "but it doesn't seem to have occurred to her that there'd be shows on in the Mercy Convent and the Jesuit Hall and every other hall and hell-hole in the city. The Abbey has a company playing the Taibhdhearc and Druid's in Chapel Lane and there's some crowd from the West Indies or the South Sea Islands or some bloody place ensconced in the Dominican Hall that the crowds are only beating down the doors to see. It seems they don't wear too much in the way of clothing. And there's tumblers and jugglers and lads on stilts out on the streets, to say nothing of Macnas with Adam and Eve and a thirty-foot long snake!"

"Oh dear," Kate said. "Poor Maggie!"

"It isn't Maggie has to go out on stage and give a performance to a few stragglers at the back of an echoing hall," Pat snarled, as he stumped angrily upstairs, "and if she'd used the brains God gave her we wouldn't be in this mess!"

Then the slamming of his bedroom door cut off the sound of his anger.

"I'd rather play to a small crowd than have Pat giving out to me all night the way he'll be giving out to Maggie!" Kate said, but Bobby only shrugged.

"Pat's right all the same," he said. "It was stupid to book that huge hall with so many other attractions on at the same time."

"Pity neither you nor Pat said all that when Maggie suggested it," Kate snapped. "I seem to remember you both thought it a great idea at the time."

Men were all the same, she thought. When anything went wrong, it was always somebody else's fault.

She went back to the kitchen to tell the Donnellys she would definitely like to go to Carraroe in the morning but, with her hand on the door knob, she suddenly froze. Mrs Donnelly's voice, no longer easy-going and friendly, reached her loud and shrill, even through the closed door.

"Oh, of course you'd side with them, wouldn't you?" she was shouting. "But then your crowd are all tied up with them, aren't they? But you'll sing a different song next spring, when there's not an angler in the place to be looking for bed-and-breakfast and we end up with an empty house until the bank holiday brings the ordinary tourists!"

Kate quickly let go of the door knob. She had no idea what Mrs Donnelly was talking about but the whole house seemed suddenly to be upset and angry about one thing or another. It hardly promised well for the week by the sea that she had been looking forward to ever since they left Dublin. She fetched her book from the sitting-room and went sadly up to bed.

Tired from the long drive and swim, she was still unable to sleep. Tossing and turning with her head on the fat bolster, she wondered about the day ahead and the meaning of the words she had overheard. Who had Mr Donnelly been siding with and why had it made Mrs Donnelly so angry? Who were Mr Donnelly's crowd and what were they tied up with that might cause a drop in bookings at the digs? She puzzled over the problem for what seemed to her like hours until she woke screaming to find the sun streaming in around the curtains.

In her nightmare, Pat had been fighting with a thirty-foot long snake and Mrs Donnelly had chased her down the street on stilts, waving a cake knife and banging on all the doors, shouting that her breakfast was ready and did she mean to stay in bed until the bank holiday!

2

On the Coral Strand

t's half-eight and I have your breakfast ready!" Mrs Donnelly was calling.

Leaping out of bed, Kate washed at the tiny hand-basin and flung on her clothes as if the house were on fire. She had told Mrs Donnelly truthfully that she was always up early. It was a long time since she had slept it out like this. She thrust her swimsuit and a towel into the plastic bag in which she always packed the white frilly top she wore for first nights and tore downstairs.

On the side table, three different cereal packets were set out for her to choose from and she was helping herself from one of them when Mrs Donnelly came in with a plate of toast and the tea.

"I heard you come down," she said. "Are you

for Carraroe or not?"

"I am, if Mr Donnelly will take me," Kate told her. "Bobby has a rehearsal."

"I'll bring your fry right away so," Mrs Donnelly said and vanished again.

She looked as cheerful and businesslike as she had done yesterday, so Kate decided she and Mr Donnelly must have made it up after their row. When she returned with the fry she had a small packet in the other hand.

"I've made you a few sandwiches to take with you," she said, "for you'll likely be some way from a shop."

"Thanks a million!" Kate cried, tucking the little packet into the plastic bag with her togs.

She ate her breakfast quickly and ran out into the hall. The front door was open and, hearing the sound of feet crunching on gravel, she went outside. Mr Donnelly was around the side of the house, opening the garage doors. He saw her and waved.

He looked just the same too, Kate noted. Maybe the row had not been as serious as she had thought. She waited while he drove the grey Ford Escort out onto the drive and then ran to close the garage doors behind him.

"Good girl!" he cried approvingly. "Just give them a good slam."

He opened the passenger door for her to climb in beside him. As they turned right and then left onto the Barna road, Kate suddenly realised that she had said nothing to Maggie or Bobby about where she was going. They had both been in such ill-humour the previous night, thinking only of the problems at the hall, that she had really had no chance to talk to them then, and there had been no sign of anyone stirring before she left. Oh well, she thought, Mrs Donnelly will tell them.

As they drove through Barna, a notice on a telegraph pole caught her eye.

SAVE THE SEA TROUT, it read.

"What's the notice about?" she asked Mr Donnelly. "Back there on the pole. It said something about saving trout."

"Oh, that!" Mr Donnelly said, and she caught a hint of irritation in his voice. "That's been up there since the conference last autumn. The Irish Salmon Growers' Association were meeting in the hotel up the road and the notices were put up as part of a protest."

"But why do the trout need to be saved?" Kate asked, puzzled. "Are people afraid the salmon will eat them?"

Mr Donnelly laughed.

"That must be about the only fear they

haven't expressed so far," he said.

"But who are they?" Kate wanted to know. "I mean, who are protesting?"

"A crowd calling themselves the National Clean Waters Association," Mr Donnelly explained. "They're mostly fishermen of one kind or another: shellfishermen, anglers, people that own fisheries or who make their money out of fishing tourists, like the owners of hotels or guesthouses or local shops and boats. And of course there are the usual greens and trendies going on about clean water and the environment."

Kate caught her breath. He had included guesthouse owners, but he didn't sound as if he were on their side. Could she have stumbled on the cause of the row between himself and Mrs Donnelly?

"But *you* don't think the trout are in danger?" she probed cautiously.

"I don't know about that," he replied. "There certainly weren't as many of them as usual around this year, but then there've been dozens of Spanish trawlers fishing these waters all year round. It's my belief they netted more than their share. And there's some say the seals have played a part in it too. There's been more of them out around the islands lately than

I've seen in a while."

"So what do the protesters want done to save the trout?" Kate asked.

"They want an end to fish-farming," Mr Donnelly told her, "because that causes an increase in the numbers of sea-lice, which prey on the fish, but a lad from the Fisheries Research Centre at Abbotstown told me there was the same drop in catches 150 years ago after a very dry, warm spring, and again in 1980."

"What difference would a dry spring make?" Kate wanted to know then, trying to get the argument clear in her mind.

"When there's a long dry spell in the spring," Mr Donnelly explained, "the salmon don't go back down river to the sea until later in the year, so they don't have long enough to feed at sea before returning to the rivers in early summer. That means they grow thin and weak and fall easy victim to the sea-lice. But because sea-lice multiply in the cages, the Sea-Trout Action Group put the blame on the fish-farms."

"Fish-farms?" echoed Kate. "Do farmers in Connemara keep fish as well as cows?"

Mr Donnelly laughed again.

"They're more likely to have goats and asses than either," he said. "The soil is too rocky and the fields too small for dairying or cattle-rearing on a large scale. As for fish-farming, that's another day's work altogether. You won't find the ordinary farmer at that. There are special fish-farms in rivers or lakes or in sea bays and there are plenty of them around Connemara. The crowd I work for have an interest in several of them."

Kate opened her eyes wide. So she had been right. That was what the row had been about and what Mrs Donnelly must have meant about his crowd being tied up with them. But who *were* his crowd?

"What work do you do?" she asked.

"I supervise building sites and social employment schemes for Údarás na Gaeltachta," he explained, suddenly pulling the car in off the road to the right. "This is our head office. I'm just calling in to see if there are any messages before I head out to Carraroe."

"Where are we?" Kate asked with interest, as she looked around at the large stone building.

"This is Furbo," Mr Donnelly told her. "Just wait here and I'll be back before you know it."

He was as good as his word and, when he came back, he put a little booklet into Kate's hands.

"What's this?" she asked.

"It opens up into a map," he told her. "We give them out to people who might be thinking of setting up a business in the Gaeltacht. I thought you might like one, seeing you're so interested in where you are."

Kate unfolded the booklet and Mr Donnelly pointed to a red line running like a border along the edge of the yellow part she knew must be the land, because below it was an expanse of blue marked GALWAY BAY.

"We're here," he told her. "There's Salthill, just this side of Galway, and we're going out along the road there through Spiddal and Inverin and on up to Costelloe."

"There's Carraroe!" Kate cried, stubbing her finger on the name she had found marked on the promontory of land running out towards the Aran Islands from Costelloe.

"Right," Mr Donnelly agreed. "So now you know where you are and where you're going."

"So I can't get lost!" Kate finished.

"All the same," Mr Donnelly grinned, as he pulled back onto the road. "I'd rather you didn't try. That's a small-scale map and finding your way on foot isn't quite as easy as it looks there. Still, having a map's a good start."

With the map open on her lap, Kate followed

their route with her finger as they drove on. She understood now what Mr Donnelly had meant about the small fields and the rocky land, enclosed by rough stone walls and all up and downhill in a higgledy-piggledy way, so you could never drive a tractor over it even had there been room. Once they got to Casla the view stretched out, with the sea on their left and open bog on their right, running away to purple mountains in the distance. Kate was so busy with the map and the view that it was not until they turned off the main road at Costelloe that she remembered the question that still puzzled her.

"What has supervising building sites and the other things you said got to do with fish-farming?" she asked.

"Nothing usually," Mr Donnelly replied. "But the Údarás is interested in anything that brings money to the Gaeltacht. They're involved in factories and all sorts of projects that unemployed people can work on under a Social Employment Scheme. They're also involved in fish-farming. As it happens, the building job I'm concerned with this morning is for one of the fish-farms, so you can have a look at it if you're interested."

"Thank you, that would be very nice," Kate

said politely, though she thought she would much prefer to go for a swim.

They passed a sheet of water on their right and she looked to see if there was anything there that might be a fish-farm, but there was nothing to be seen but still water and bog. Mr Donnelly drove straight on, passing a church and a few shops, and pulled up beside a hotel.

"I've to meet someone here in ten minutes," he said, looking at his watch, "but I've just time to drop you to the strand first if you'd like that."

"That would be great," Kate said. "Thanks."

Mr Donnelly waved his hand towards the hotel.

"This is Óstán Cheathrú Rua," he told her. "If it starts to lash rain you can come back here. You can tell them on the reception desk you're waiting for me. You'd better take note of where we're going so you can find your way back if you have to."

Kate nodded and, as Mr Donnelly drove on again, she watched for landmarks on either side. In about a hundred yards they came to a fork in the road.

"The fish-farm's down there at Calahaigue," Mr Donnelly told her, nodding his head towards the road on the right as he took the left fork. He drove straight on over the cross, on a little road that switchbacked along until suddenly Kate caught sight of the sea ahead of them. There was a small harbour beside a tiny beach, but it was stony, windswept and uninviting.

"Is this the strand?" she asked, trying not to sound disappointed.

"Nearly there," Mr Donnelly answered.

He was driving at right angles to the harbour wall now, heading towards a building which stood out on the tip of the point but, to Kate's surprise, he didn't slow down, though the road appeared to come to an end at the building. Then she realised as they got closer that it turned around the side of the building and ran on along the narrow strip of land beyond it, parallel to the sea. As they made the turn she saw, straight ahead of them, against a low headland, a stretch of strand, white-gold in the sunlight.

"Oh, look!" she cried in delight.

Mr Donnelly laughed and pulled up where the track ended, just short of the beach.

"This is Trá an Dóilín," he said, "but visitors always call it the Coral Strand. Be a sensible girl now and don't go swimming out of your depth. I don't want to have to go back to your mother and say I let you drown. There's no lifeguard on duty here to watch out for you, like there is at Salthill, so don't take any chances. There's a spring tide running out in the bay that could sweep you out beyond the head."

Kate nodded and jumped from the car, clutching the bag with her togs and sandwiches tightly in her fist as the wind nearly tugged it from her grasp. Only when she got out of the car did she realise how strongly it was blowing.

"Thanks a million," she said.

"I'll be back for you in four or five hours," Mr Donnelly told her, "but if you get bored you can start on back. Keep to the road we came on and that way we won't miss each other. OK?"

"OK."

Kate stood and watched as Mr Donnelly reversed the grey Ford until he could turn it on the flat ground nearer the building. Then, with a wave of his hand, he disappeared out of sight around it. Turning back to face the golden strand, Kate set off on her own down the track to the rocks.

The wind blew her hair across her face as she scrambled from rock to rock and jumped down onto the strand below. As she reached it, the wind died as if it had suddenly been turned off with a switch. Even the sound was cut off and, with her hair no longer across her eyes, she could see how the rocks curved around to shelter the little shelving strand from all but a westerly, blowing across the bay from the dark sweep of land on the far side.

The first thing she noticed were the corals. The twisted shapes fascinated her. Strung together, they would make a beautiful necklace, she thought, and she began to collect the unbroken ones. When she had enough to make a couple of necklaces, she wrapped them carefully in a large piece of sun-dried seaweed and put them into the plastic bag along with the sandwiches, towel and togs.

Then she went closer to the water's edge, where the strand was still damp from the retreating tide. There it was sandy and there were beautiful cowrie shells, small and delicately curving inward, where they had cradled the tiny fish which once lived inside them. Many were chipped or badly broken from being smashed by the waves against the rocks, but many were perfect and Kate began to make a collection of them too, filling both pockets of her jeans. Looking at the prints of her feet on the hard sand, Kate suddenly realised that these were the only marks on it, apart from the tiny prints of seabirds.

Never before had she been the only person on a beach, much less the only person who had been there all morning. Never before, she thought, had she been so completely alone. The thought was a bit scary, but Mrs Donnelly had said she would be safer here than by herself at Salthill, where there were people everywhere you looked. At least she would not have to find somewhere to hide while she changed into her togs. Without the wind it felt much warmer and the sea looked a lovely bluey-green. She would try it out. Facing the rocks just in case a boat passed by, she stripped off her jeans, T-shirt and pants and got into her togs.

Mindful of Mr Donnelly's warnings, she did not plunge straight into the sea, but entered it cautiously. It was harder that way, because the water was crystal clear but stingingly cold and it would have been best to dive in before you had time to think about it. All the same, Kate realised that Mr Donnelly had been right to warn her, for the shore shelved steeply and she would have been out of her depth before she knew it. She took a deep breath and ducked where she stood, so as to get herself wet all over. Then she swam cautiously up creek against the current towards the shelter of the rocks. She was a strong swimmer but it was quite hard work to make much progress, so she knew the current was strong. When she floated for a few minutes she found she was back at the far end of the strand, so she swam all the time facing the same way, floating back when she reached the end of the strand.

After she had done this a few times it got boring, so she pulled herself up onto the rocks, rubbed herself dry and dressed. Then she wrung out her togs and hung them on a rock in the sun to dry, spreading her towel beside them with a stone on top to stop it blowing away. Her skin felt lovely, all tingling and glowing at the same time, and she was glad she had gone in, even if she hadn't been able to swim very far. She ran up and down the strand a few times the way Maggie had always told her to do after a swim and then sat down to eat her sandwiches. They were ham and tomato, but the ham wasn't the thin tasteless stuff they sold in the corner shop at home, but thick, juicy pieces Mrs Donnelly must have cut from a ham she had boiled herself. When she had finished eating, she looked around for something to do until Mr Donnelly would come to collect her.

The golden sand near the water's edge at

the far end of the strand was like a blank sheet of paper, just asking to be written on. She would be able to draw on it without being afraid someone would walk over her picture. She looked around for a stick to draw with but there were none. Then, on the rocks a little distance away, she saw a piece of timber. It looked like a splintered crate which had washed in on the tide and caught in a crevice. In the teeth of the wind once more, she clambered around the edge of the fence bordering a field and reached the rocky headland on the far side of the strand, away from the point.

The piece of timber was caught beside a huge rock that stuck up like a tower or lookout post and, as Kate reached it, she saw there was a creek on the far side of it and that, beyond the creek, the land curved back again until it met another headland. A wall bordered the creek, forming a tiny harbour and in it, tied between two ropes, was a small boat, half full of water. One rope was tied around the rock and one ran out from a ring in the harbour wall and, from the wall, a boreen ran inland, climbing a hill that formed a V with the waters of the bay.

In the distance she saw a movement on the

road as the wind brought the faint sound of a car engine. It grew louder and louder as the speck she had noticed grew larger. Soon it was clearly recognisable as a battered old Mini, bumping over the rutted surface of the boreen. Finally it reached the circle of grass beside the harbour wall, where it could go no further.

It pulled up with a jerk and out of it got a boy a couple of years older than Bobby, wearing a grey pullover. In his hand he held a tin mug. He went around the front of the car and spoke to the driver through the open window. After a moment the driver also got out. He was a thick-set, low-sized man wearing a cap and black sweater and, from the way he slammed the car door behind him, he seemed to be angry.

Although the wind carried the sound of his voice over to Kate, she could not make out his words. Then it dawned on her that he was speaking in Irish.

"Tá eagla orthu a mhalairt a dhéanamh," he continued. "Mo náire iad!" And this time Kate knew he was saying that someone was afraid to do something or other. She wished now that she was better at Irish.

"Tá sé uafásach!"

He spat the words out as he walked across

to the wall and stood looking down at the boat. The boy followed him over saying:

"Ní baol dúinn, muise?" but the man only shook his head angrily.

"Níl a fhios agam. Bhí mé ag caint—"

He broke off suddenly as he became aware of Kate, standing beside the rock looking down at him.

"Cé hí sin?" he muttered.

"Hi!" the boy called up to her. "Cad is ainm duit?"

"Is mise Kate," Kate called back awkwardly, scrambling down the rocks to join them. It was like suddenly being back at school. "Cé thusa?" she asked the boy.

"Is mise Pádraig," the boy replied, but the man turned away, his face sullen. "Cad tá ort?" the boy muttered to him, but he only scowled, walked back to the car and sat into it.

"An bhfuil tú thuas sa choláiste?" Pádraig asked, turning back to Kate.

Of course, Kate thought, he thinks I'm down here to learn Irish. If I tell him that I'm not, he might talk to me in English.

"Níl mé..." she began and then, in a rush, "And I'm afraid my Irish isn't much good!"

"Ná bac leis," Pádraig grinned. "I'll tell no one if you give me a hand to bail the boat!"

"Sure. What with?"

"This!" he said, holding up the mug. "Only there's not space for the two of us to work at it at the one time. You take over when I want a rest."

He lowered himself carefully into the boat and knelt on the broad seat. Then he began scooping up the sea water, a mugful at a time, and tipping it overboard into the sea. Kate watched him for a while in silence. Finally she couldn't resist asking him:

"Wouldn't it be quicker to bail with something a bit bigger?"

He grinned, but never even slowed the rhythmic movements of his arm.

"You wouldn't get a bucket under the thwart."

Feeling foolish, she watched him in silence for a while longer. Then, glancing over at the car, she asked:

"Is that your father?"

"'Tis. You wouldn't want to mind him now. He's in black humour today. He found an empty jar of Nuvan in the stream above the house this morning and he says we could all have been killed."

"Why? What's Nuvan?"

"An insecticide. The fish-farmers use it to kill the sea-lice. If they don't, the lice attack the caged salmon, but 'tis deadly poison."

"But you said the jar was empty!"

"The rinsing of it alone would poison a man. 'Tis concentrated like. They dilute it a million times for the salmon. 'Tis desperate dangerous stuff."

"But it didn't do any harm, did it?"

"It could yet then. There's animals drink from that stream. Then again, it flows out onto the land with the rain. The chemicals could easy get into the drinking water."

"I don't wonder that your father's worried!"

"He thinks someone from the fish-farm over beyond left it there only 'tis a waste of time reporting them. No one will prosecute them because the Údarás is behind them and the fish-farms are giving a lot of work all over the west."

"And would no one else use that chemical except the fish-farm?"

" 'Tis used in sheep dip but 'tis likely 'twould be the fish-farm. Then again there's more than the one fish-farm around here. You'd think the workers from Bradán na Gaeltachta would have more sense. You'd want to be desperate careless to leave stuff the like of that lying about and 'tis well enough run, but my father will hear no good of the place after the poor catches we had since it got going."

"What will he do about it?" Kate asked after a while.

"He'll make trouble for them, I'd say. There's a few besides himself blames all their bad luck on the fish-farm and they'll listen to himself over a pint tonight. Maybe the farm boat might spring a leak before morning. With God's help they'll stop at that and not go after the men."

Kate looked at him and shivered. It seemed it could be dangerous to live near that beautiful coral strand, for all it looked so peaceful. She was glad she wouldn't be around after dark when the fishermen decided to teach the fish-farmers a lesson. She realised Pádraig was looking at her.

"You needn't tell anyone I said that now," he said. "And anyway, 'tis time to take your turn at the bailing. I've an ache in my arm and I wouldn't chance asking the father to take a turn at it with the black mood that's on him."

"OK," Kate agreed, as Pádraig pulled himself up out of the boat.

"Take it easy now," he warned her, handing her the tin mug. "If you jump down into her she'll take on more water."

Kate lowered herself cautiously onto the seat that Pádraig had called the thwart and began bailing. It was harder than it had looked and she wished she had taken first turn at it for the water level was lower now so she had to bend lower and could only throw out half a mugful at a time. She found it hard to work and talk at the same time, so she worked on for a while in silence. Only when she paused to rest her aching arm and back did she realise that Pádraig had gone back over to the car and was talking softly in through the open window to his father. He saw her looking at him and came back over to the quayside.

"What's the time?" she asked him, stretching herself.

"Must be around half-three or four," he said, "for we didn't leave till after the dinner. 'Tis tiring work when you're not accustomed to it. I'll finish her now. I'd ask you to come with us to set the pots only for the humour that's on him."

"I couldn't anyway," Kate said. "Mr Donnelly will be out looking for me soon. I must go back to the strand for fear he'd be there before me and think I'm drowned. I'm sorry though. I'd love to go out in the boat with you."

"Will you be here again tomorrow?" Pádraig asked, as they changed places.

"I don't know," Kate told him. "I could be, if

Mr Donnelly has to work here again then."

"If you are, call to the house in the morning," Pádraig suggested. " 'Tis on the turn of the road at the far slope of the hill there," and he pointed back the way the car had come. "He may be in better humour then. Isn't tomorrow another day?"

"My brother might be with me," Kate told him, wondering would there be room in the small boat for four.

"What harm, so long as he doesn't act the maggot."

"Ah, Bobby's sensible enough," Kate said, "even if he is a bit of a know-all!"

"See you tomorrow so," Pádraig said, as if the whole thing was settled, and Kate set off along the twisting footpath leading up through the rocks towards the headland. When she reached the look-out rock she turned back to wave but Pádraig had his back to her, bailing. Looking across to the Mini, Kate saw his father, still sitting at the wheel as if he had been turned to stone. She faced back towards the strand once more.

It was then she remembered the piece of bleached timber, stuck in the rock crevice, but noticed to her surprise that it had gone. Not that it mattered now. There would be very little time for drawing on the strand. Jumping from rock to rock, she came to the point at the far side of the headland where you had to squeeze between a big rock and the fence. Suddenly a big, broad-shouldered man with a shock of black hair over his forehead stepped out from the far side of the rock, blocking her path.

How had he got so close to her without a sound? Was it just by chance that, travelling in opposite directions, they had simultaneously reached the narrow strip of grass which you could only cross by hanging onto the fence, a strip far too narrow for two people to pass each other? Then she saw the piece of bleached timber in his hand and knew he had crossed it already. He must have been watching her, waiting for her. Still clinging to the fence, she screamed.

3

Look at the Lough and Quarry the Land

ate heard Mr Donnelly calling her name from somewhere close by. At once the man stepped back, giving her room to swing herself over the crevice beside the rock and reach the far side. Afraid even to glance to her right to see if he were still waiting, she raced over the rocks sheltering the strand. In her haste she slipped on a piece of seaweed, for the wind was once more whipping her hair across her face, half blinding her. A sharp piece of rock gashed her knee, but she hardly glanced at it as she struggled to her feet and ran on. Then she saw the grey Escort parked at the end of the track and Mr Donnelly, standing on the pathway leading down to the strand.

"I'm here!" she shouted as loud as she could, for the wind was blowing her words back in her teeth.

He turned to face her and, even at that distance, she could see the relief in his face.

"Thanks be to God!" he said as she reached him. "You gave me a desperate fright. What happened you at all?"

Clinging to his arm as if for protection, Kate now dared to look back. She could see the fence at the edge of the field and the rocks beyond, but that was all. There was no sign of the man. Could she have imagined him?

Mr Donnelly was looking at the trickle of blood running down her leg from the cut on her knee.

"Did you fall?" he asked.

"I slipped on a rock," she gasped, breathless from running.

"You should have stayed on the strand," he told her. "That path around the head is tricky in this wind. The original track was swept away in the storm last winter."

She was on the point of telling him that that was not the reason she had screamed. Then she hesitated. There was no sign of the man and even if she had not imagined him he might have just been out for a walk. He had said nothing, done nothing to frighten her. It had been the unexpectedness of his sudden appearance that had startled her. Mr Donnelly would think her an awful baby if she told him the real reason for her alarm. Instead she said:

"I must get my togs. I left them on the strand to dry."

"You get into the car," Mr Donnelly told her, "and I'll fetch them. Tie this round your knee to stop the bleeding. That cut's quite deep."

He took a clean handkerchief from his pocket and handed it to Kate. She didn't argue for she was glad to let him collect the togs. The man might be on the strand. If he had jumped down off the rocks it would explain how he had disappeared so suddenly.

She waited impatiently for Mr Donnelly to come back, expecting him to say he had seen someone, but he only held out the plastic bag full of shells, the towel and swimsuit and asked was that everything. Surely, Kate thought, as she nodded that it was, if he had seen the man he would have said. It was very odd. Then she remembered Pádraig.

"Will you be out this way again tomorrow?" she asked.

"Indeed and I will," he grunted. "And on Wednesday too I wouldn't wonder."

Kate took a deep breath.

"Would you mind very much if I came with

you?" she asked.

"You weren't bored then, all that time on your own?"

"I wasn't on my own," she told him. "I was with Pádraig."

"Pádraig?" he repeated questioningly.

"His father's a fisherman. They live in a house on the other road, the one that runs down to the little creek beyond the head."

"That's Boherbee," Mr Donnelly told her.

"Well," Kate went on, "they've a boat there and they talk to each other all the time in Irish."

"Why wouldn't they? You're in the Gaeltacht now, you know. All the people living around here are native Irish speakers. So you've found a friend, have you?"

"He said if I came tomorrow I could go out in the boat with him."

"I see." Mr Donnelly smiled. "Well, I've no objection if your parents haven't."

Then Kate remembered for the second time that she had never told Maggie where she was going. She hoped there wouldn't be a row about it. More important still, she hoped it wouldn't stop her coming again tomorrow. She must make sure to do nothing that would annoy Pat or Maggie for the rest of the day.

In the end, Maggie said she could go. Even though Mr Donnelly had to call in to his office again on the way home, she got back in plenty of time to shower and put Elastoplast on her knee before changing into her white frilly blouse and skirt for the theatre. Better still, no one said a word about the fact that she had failed to ask permission to go with Mr Donnelly. Maggie had been far too worried about the night's bookings. Kate supposed Mrs Donnelly had explained where she was but, the way things were, she wouldn't have been surprised if no one had noticed she was missing.

In the end the hall had not been as empty as Pat and Maggie had feared. The seats on the risers had been about half-full, with slightly more than half in the cheaper seats down on the flat but, as Kate had said to her mother as she counted the house, "The hall's only huge!"

Maggie had nodded absently. "It's really a ballroom, but bringing the stage forward has helped to make it a little more intimate. Maybe the bookings will pick up during the week because the audience did seem to like the show."

That, Kate thought, was certainly true, though she felt herself that it had not seemed as spooky as it had done in Limerick, where the stage was so much closer and you wanted to shout out and warn the Stableman against James Brogan and his wicked schemes. Still, the Galway audience had clapped for so long that the lights had gone on and off at least half-a-dozen times while the cast took their calls. That had helped to put Pat in a better mood, even if he had muttered about looking out on rows of empty seats when, as the Blind Beggar, he had turned his sightless eyes to the audience.

Chloe, on the other hand, had flounced off in a huff.

"She's spitting tacks," Bobby told Kate, "at having to share a dressing-room with the local extra."

"But you'd hardly know she was there," Kate protested. "She never said a word when we went backstage, only got changed as fast as she could and scuttled off."

"Chloe probably scared her," Bobby grinned.

"I expect she was scared anyway," Kate said. "I know I would be, if I had to join a company of strangers for a week when all the others had been working together all summer."

"She hasn't any lines to worry about," Bobby scoffed, "and anyway, she's not on her own. There are the two local men walking on in the crowd scene."

"All the same," Kate argued, "I hope Marion was nice to her. She's the one she's with all the time on stage."

"Marion was too busy gargling and sucking cough drops to be nice to anyone," Bobby told her. "She thinks she's getting another cold."

"She always thinks there's something wrong with her," Kate said. "Pat said the other day that she was a hypodermic."

"You mean a hypochondriac!" Bobby laughed in his most superior manner, and Kate had a good mind not to tell him about Pádraig and the boat at all, but of course she did in the end.

At first Bobby complained about the early start but, the more Kate talked of the deserted strand and the fishing boat, the more he wanted to see them for himself. He even got up as soon as Kate tapped on the door of his room next morning, instead of having to be called half-a-dozen times. By a quarter to ten, they were driving past the Texaco garage at Casla.

"Where exactly do these friends of yours live?" Mr Donnelly asked Kate suddenly.

"I think you take the turn before the one that leads to the strand," Kate told him.

"Pádraig said the house was at the turn of the road."

"Sounds a bit like Michael Tom Knee's place," Mr Donnelly commented. "If I'm right I wonder is it wise for you to be going there at all? The father's a bit of a troublemaker. Was he talking to you about the fish-farm?"

"I wasn't talking to him," Kate said, thinking that Knee was a curious name. "It was Pádraig I was with."

"I suppose there's no harm in your seeing the son, but if you get talking to the father, say nothing to him about me or the Údarás. He's got a bee in his bonnet over the fish-farm and it might be best not to get him started on it."

It was on the tip of Kate's tongue to say that Pádraig's father had every reason to worry over the fish-farm, but she thought better of it. After all, Mr Donnelly was working on something to do with the farm. The less she let on to know about it all the better. If she started talking about the workmen leaving cans of Nuvan around, Mr Donnelly might only veto their trip. Instead, she asked if there were many people working at the farm.

"I'm going up to the site this morning," Mr Donnelly answered. "Why don't you come with me and see for yourself? It's only a short walk from there to Knee's."

Kate thought it might be unwise for them to go there if they were not supposed to mention it but, before she could say so, Bobby jumped in.

"Yeah, I'd like to see it," he said. "If it won't take too long."

"You can see all there is to see in minutes," Mr Donnelly told him. "The cages are too far out to see much from the shore."

So this time they took the pot-holed road to the right after they passed the Óstán. They passed a quarry on their left, a lough with two swans on it on their right, and pulled up abruptly beside a shed. There was no farm building that Kate could see, only a pile of broken boards beside some sacks at the side of the road, which suddenly plunged downhill onto a small jetty. A short pier ran out into the bay and, moored beside it in the shelter of the rocks, there was a motorboat. On the jetty were a couple of large tanks and more sacks. Bobby ran down to the jetty and looked around him.

"So where's the farm?" he asked.

"The cages are out there," Mr Donnelly told him, pointing far out to sea, where Bobby could just make out a structure floating on the surface. "That's where the salmon are. They're put into cages as smolts—"

"What's a smolt?" Kate interrupted.

"A young salmon at the stage when it leaves the river for the sea. That's when it first turns silvery. After they go into the cages, they're fed with fish-food and harvested after about a year. Then they're sold onto the Irish market or exported all over the world. Fish-farms have improved the whole economy of the western seaboard, creating a lot of employment."

Kate looked around her. There was a man moving around in the shed across the road and another tinkering with the engine of the motorboat. Apart from that she could see no one.

"I don't see many people working here," she commented.

"There are a lot you don't see," Mr Donnelly replied. "There are the people that make the cages, the tanks and the nets. There are the manufacturers of fish-food and insecticides, the people working on the processing and packaging, and all the people employed in transporting the fish and delivering equipment, goods and services."

It sounded rather boring, Kate thought. She

had expected to see fish on a fish-farm, the way you would see chickens on a chicken farm. All this talk about the economy of the western seaboard was altogether too like school.

"Where are you doing the building?" she asked, trying to show a proper interest. After all, Mr Donnelly had been very kind to her.

"Up there," he said, pointing to a piece of high ground above the lough. "We're building a watch-tower there, overlooking the cages. Someone's been helping himself to fish from the cages after dark. Since there's a boat in every creek and a curach upturned on every shore around this coast, the only way to stop it is to keep a round-the-clock watch. And it will guard against troublemakers too. There's some around here, like your friend's father, who blame all their problems on fish-farming. They did their level best to prevent the business starting up in the first place. Then when they failed, they threatened to take the law into their own hands."

The man who had been tinkering with the engine of the motorboat looked up at that.

"It's more than a threat now," he said. "They broke into the shed last night and smashed every crate in the place. Then they did a job on this. I thought I could fix it, but I'm going to have to get a replacement sent out from Galway."

Kate remembered then what Pádraig had said about the farm boat maybe springing a leak. And Mr Donnelly had already marked his father down as a troublemaker. She and Bobby could find themselves playing pig-in-the-middle in a real row if they went to the Knee's now.

"Were the guards contacted?" Mr Donnelly was asking.

The man nodded.

"They were over at first light. Had a man here taking fingerprints before I was let get working on this. They got a good set of prints too. Said they'd get whoever done it this time, if they had to fingerprint every man in the parish."

"The sooner we get started on the watchtower the better," Mr Donnelly said. "That should put a halt to their shenanigans. I'd better get on up there and then go and see how soon we can get under way."

"We'll see you at the Óstán at four then," Bobby said, turning to go back up the road.

"There's a track you can take by the houses back there," Mr Donnelly called after him. "It would shorten the road for you. Turn left when you hit the boreen. Or there's a right-of-way over the fields that leads directly to Knee's."

"That'll do grand," Bobby called back. "Where's that?"

"Opposite the lough. On the right, just before you get to the quarry."

"Thanks," Kate said, as she hurried to catch up with Bobby. When he reached the shores of the lough he began to laugh.

"What's so funny?" Kate asked, turning to see what he was looking at. He pointed to where two white feathery tufts floated on the surface of the lough.

"Look at the swan's tail-ends sticking up!"

"Their heads are under water feeding, that's all," Kate said, shrugging.

"More than their heads," Bobby told her. "They're tipped right over so they're bottom upwards. Did you never play bottom upwards at school?"

Kate shook her head. It sounded a typical boys' game, she decided.

"It's very funny," Bobby told her. "You get a really stuffy poem, like 'The Burial of Sir John Moore at Corunna.' We had to learn it and it goes on and on for verses and verses. Then Nobby told us about bottom upwards."

"What do you do?" Kate asked.

"You add 'bottom upwards' after any line it

will fit, like this:"

Bobby struck a pose and declaimed in his most solemn tone:

> *"Not a drum was heard, not a funeral note*
> *As his corpse to the ramparts we hurried*
>   *bottom upwards,*
> *Not a soldier discharged his farewell shot*
>   *bottom upwards*
> *O'er the grave where our hero was buried*
>   *bottom upwards.*
>
> *"We buried him darkly at dead of night,*
>   *bottom upwards,*
> *The sods with our bayonets turning bottom*
>   *upwards,*
> *By the struggling moonbeams' misty light*
> *And the lantern dimly burning, bottom*
>   *upwards."*

Kate laughed.

"That bit's good," she said, "but it wouldn't work that well all through."

"It does!" Bobby assured her. "This is the last verse:

> *"'Slowly and sadly we laid him down bottom*
>   *upwards,*

From the field of his fame, fresh and gory,
We carved not a line and we raised not a
  stone, bottom upwards,
But left him alone in his glory bottom
  upwards!"

"That's brill!" Kate agreed. "There's one we learnt in school that goes on and on too. I bet that would work!"

"Try it!" Bobby encouraged.

Kate thought for a moment and then declaimed:

"The lions of the hill are gone bottom upwards
And I am left alone—alone, bottom upwards—
Dig the grave both deep and wide, bottom
  upwards,
For I am sick and fain would sleep bottom
  upwards!"

"Why are poets always going on about graves?" Bobby asked, laughing, as they turned away from the lough and set off across the fields on the opposite side of the road.

"They like being gloomy," Kate answered, "I suppose it's more poetic. D'you want to hear the next verse?"

So, laughing and reciting, they struggled up

the hill until they were above the quarry. There they stopped to get back their breath.

"I can't see the swans now," Bobby said, as he turned to look back at the lough below, but Kate pointed to a spot over near the far bank.

"Over there," she said. "Against the reeds."

"Where?" Bobby asked, shading his eyes with his hand.

"D'you see where that log's sticking up out of the water?"

"Oh yeah, I see it now."

"Then you see more than is good for you!"

The rough voice, coming from immediately behind them, made them both jump but, before they could turn to see the speaker, they found themselves grabbed by the shoulder and held in a vice-like grip. They struggled but, even though they were each held by only one hand, they were helpless against that bruising grasp.

"I'll teach ye to pry into other people's business," the threatening voice growled into their ears as slowly, to their horror, they found themselves being propelled nearer and nearer to the edge of the quarry.

4

Pot the Lobster, Cradle the Crab

et me go!" Bobby yelled.
"We weren't spying!"
screamed Kate. "We were
only looking at the swans!"

"A likely tale!" snarled that rasping voice.

They were right on the lip of the quarry now
and their struggles began to crumble away the
ground from under their feet. A little shower
of earth and stones was dislodged, plunging
downwards over the rocks and onto the road
far below. Cold with terror as she watched
them fall, Kate felt herself suspended over
space for what seemed like hours, icy sweat
breaking out from under her hair-line. Then,
as the feeling of dizziness in her head almost
eclipsed the sick feeling in her stomach, she
suddenly felt herself yanked roughly backwards, away from the crumbling edge of the

quarry. Weakness flooded over her so that she would have fallen if she hadn't still been held by that bruising grip on her shoulder.

"Let that be a warning to ye both," said the voice.

Bobby tried to turn to see the speaker, but there was no twisting against his crushing grasp.

"Stay away from the lough from this out," the deep voice rasped. "And remember, a shut mouth is better than a fall from a cliff." Then he swung them around to face away from the lough and the quarry and the expectation of sudden death. "Now," he continued, "go on about your business and don't turn around. D'ye understand what I'm saying to ye? One turn of the head and there might be an accident yet. D'ye understand?"

Kate nodded frantically. Out of the corner of her eye, she saw Bobby was doing the same. Then she felt the grip on her shoulder ease.

"Then walk!" the voice ordered.

For a second she swayed, her legs almost unable to bear her now that she was no longer held by that powerful hand. Then fear gave her strength and she began not to walk but to run. She ran and ran until her breath caught in her throat and she had to stop. Standing gasping, she felt Bobby catch her arm and pull her forward.

"Don't look back," he panted. "Keep going."

"I can't!" Kate gasped.

"There's a house just ahead," Bobby told her. "Once we reach that we're safe."

"I can't!" Kate said again, clutching her shoulder where she could still feel the pain inflicted by those steel-strong fingers.

Her shoes and the bottoms of her jeans were caked in mud and she could hardly make the effort to pull her feet from the ground. They had been running without thinking of anything but putting as much distance as possible between them and the owner of that threatening voice and iron grip. Instead of jumping from one heather clump to another, they had ploughed straight ahead through wet and dry patches alike and now Kate felt as if wet mud threatened to suck her down with every step.

"You can!" Bobby insisted. "It's not much further. Give me your hand."

Clinging to Bobby, she dragged herself painfully forward until they stumbled onto the road. Then she sank down on the ditch and burst into tears of exhaustion.

"It's all right," Bobby said. "I admit I was dead scared myself, but I think now he was only trying to frighten us."

"You didn't look back all the same!" Kate sniffed, annoyed that he should think she was crying out of fear.

"No point in asking for trouble," Bobby said sensibly.

"But what was it he didn't want us to see?" Kate asked as her sobs began to subside.

"Him, of course," Bobby told her. "In case we told anyone what he did to us."

"I don't mean that!" Kate was growing angry now. She couldn't help crying from tiredness, but Bobby needn't think she was stupid. "I mean, in the lough. When I pointed to the swans he must have thought it was at something else."

"But there was nothing else there. Only water, reeds and the swans."

"And the log," Kate added.

"So why would he mind us looking at any of that?"

"I don't know," Kate said, "but I'd like to try and find out."

"Are you mad? You heard what he said. We've to keep away from the lough. If we start poking around there he might really do something to us."

"Hi!"

Kate looked up at the sound and saw Pádraig on the far side of the road, a bucket swinging from his hand.

"Are you going to sit there all day?" he asked.

Kate got up shakily and took a few steps towards him.

"This is Bobby," she told him. Then she stumbled and only Bobby's arm saved her from falling.

"She's in pretty bad shape," Bobby explained. "There was trouble on the way here."

To Kate's shame, Pádraig took her other arm.

"Téanam isteach anois," he said. "The house is only over the way. I saw ye from the top of the yard."

With Kate protesting weakly that she was quite all right now, Pádraig led them through the yard to the house.

"Mother's gone for the messages," he said, "but she knew ye were coming. She'll be back later to get the dinner."

The room Kate found herself in seemed to be kitchen, living-room and dining-room all in one. It had a low ceiling, a stone-flagged floor and a big wooden table over against the wall. Opposite, beside the small window, was a heavy oak dresser with cups and mugs hanging from the hooks and plates stacked along its narrow shelves while, although it was summer and there was a modern gas cooker as well as a television set in the corner, a turf fire burned in the large hearth. Beside it was an old armchair, and, over the fire hung a great black skillet while a big kettle stood on the hob. It was as if the present hadn't replaced the past but simply been added to it. Under the table was a long wooden bench and Pádraig pulled it out for Kate to sit on.

"Did you fall into a bog-hole?" he asked, looking at Kate's muddy shoes and jeans. "Seáinín Paudge was near drowned in one last winter."

Kate shook her head in irritation but she was too exhausted to argue.

"She was too scared to look where she was going," Bobby said, but then added in all fairness, "I was a bit scared myself. A man tried to push us over the edge of the quarry."

Seeing the look of disbelief on Pádraig's face, Kate found the energy to argue after all.

"He did, honestly, though maybe he only meant to frighten us. But he held us right out over the edge!"

"Who did?"

"We never saw his face," Bobby explained.

"He came up behind us and grabbed a hold of us. But he'd a deep rasping voice and he was strong as a bull."

"I don't know who that would be only Séamus Dubh from Lough Natawnymore," Pádraig said, "but I never knew him threaten anyone only an informer."

"He said something about prying or spying or something," Kate told him, "but we weren't. We were only looking at the swans."

"He maybe thought ye were keeping a watch on him," Pádraig said. "He lives on the far side of the lough and he doesn't like strangers hanging around the place. It's not good for his business."

"Why? What does he do?" Bobby asked.

"He makes the best poitín in Connemara," Pádraig told him, "and the guards know it, but they've never been able to catch him at it. He must be a wily man, all the same, to keep them fooled for this is no longer the lonely place it used to be. It's alive with tourists at weekends now, with the Óstán only a step away and Trá an Dóilín so close. He must keep moving the worm around, for I've seen him in strange places at times, prowling around the creeks and headlands."

Suddenly Kate remembered something.

"Is he big and broad-shouldered, with a lock of black hair down over his eyes?" she asked.

"That's a fair enough description of Séamus Dubh," Pádraig agreed. "So you did see him after all."

"Not today," Kate said, "but yesterday on the rocks near your boat."

"You couldn't be up to him—" Pádraig began, but at that moment his father came in from the yard. He had a dirty-looking bandage around his right hand and Kate thought he looked in no better humour than he had done the day before.

"Nár dhúirt mé leat an mhóin a thabhairt isteach?" he said irritably to Pádraig, as if the others were not there. "Níl mórán móna ann."

"Gabh mo leithscéal, a Dhaidí," Pádraig answered. "Seo é Bobby agus Kate. And they haven't Irish."

"Ach leithscéal maith dhuitse iad le bheith i do chónaí?" his father said. "An mar sin atá sé?"

"Séamus Dubh gave them a fright. He threatened to throw them into the quarry."

"Séamus minds his business if others mind theirs," the man replied, speaking directly to Bobby and Kate for the first time. Then, turning to his son again, he ordered: "Tabhair isteach an chuid eile den mhóin go gcuirfidh muid amach no potaí. Beidh fútsa an chuid is mó den obair mar gheall ar an láimh seo atá orm."

"Can Kate and Bobby come with us? You know Kate gave me a hand with the bailing yesterday?"

"Agus tuilleadh trioblóide a tharraingt anuas sa mhullach orainn?" his father asked by way of reply and then, as if he felt the need to explain his reluctance to Bobby and Kate, added: "From the minute I found that jar of Nuvan in the stream, misfortune has followed on misfortune's heel."

As if to prove his point, there was a rap on the already open door and a tall young guard stooped as he entered the room.

"Not a bad morning, Mick," he said. "What happened the hand at all?"

"Rud crua éicint a bhuail leis," Mr Knee replied gruffly.

The young guard smiled. "A locked shed door, maybe," he said casually, "or the shaft of a motorboat engine."

"Tada dhá shórt." Mr Knee spoke sharply. "Tuige?"

"There was trouble over at the fish-farm last night."

"An mar sin é? Agus cén bhaint atá aige sin liomsa?"

"Maybe it had nothing to do with you. But then again, I heard there was wild talk out of you in the pub towards closing time."

"An t-ól a bhí ag caint."

"Very likely. All the same, 'twould save a deal of time if you were to come down to the station with me now."

"Agus cén fáth a gcuirfeadh duine atá neamh-chiontach an trioblóid sin air féin?"

"To kill the talk maybe. There's some say you picked a row with Liam Óg, that came back from Birmingham to work at the fish-farm. And a man that will attack a farm worker might not think twice about doing the same to a farm boat."

"Is iomaí rud a bheadh in intinn duine, ach b'aisteach an cás é dhá bhféadfaí é chrochadh mar gheall ar sin. Agus maidir lenar tharla ag an bhfeilméaracht éisc, níl a fhios agam aon bhlas faoi ach an oiread leat féin."

"Then you've no need to worry, for we have the prints of the man that does. A few minutes and a smidgeen of ink will tell the tale and settle the matter for good."

Mr Knee seemed to hesitate for a second. Then he nodded to Pádraig.

"Ní bheidh mé i bhfad amuigh. Tabhair isteach an chuid eile den mhóin agus ansin cuir amach an chuid eile de na potaí."

Taking his cap from the hook on the back of the door, he followed the young guard out of the house. There was a silence after he had gone until Bobby spoke.

"Whatever was all that about?"

"They think he hurt his hand breaking into the fish-farm," Pádraig said. "Mind you, 'tis his own fault. He was giving out about the fish-farm last night below in the pub for all to hear until one of the lads that came back from England to work there squared up to him. I don't know what shape he's in this morning, but I'd say he's more than a busted hand."

"But why didn't your father say he hurt his hand in a fight and not at the fish-farm?" Kate asked, puzzled.

"Why would he bother?" Pádraig shrugged his shoulders. "They'll only take his prints. When they don't match up to the ones they got at the fish-farm 'twill end matters. There's no call for him to be telling the gardaí his business. How are you feeling yourself now?"

The drama of Pádraig's father had put Kate's own adventures out of her head and she realised now she felt fine. The rest and the distraction had been all she needed to get over the shock.

"I'm grand," she said. "Let's get in the turf and get on down to the boat."

Between the three of them they had soon carried in enough turf from the stack in the yard to fill the barrel that stood beside the fire and, their spirits rising once more, they set off, with Pádraig carrying a bucket containing something wrapped in old newspapers.

"Can I row?" Bobby asked, as Pádraig stowed the bucket away in the stern of the boat.

"Maybe later," Pádraig replied. "Let's get the work done first."

To Kate's surprise, Bobby didn't argue, but climbed into the stern and sat beside her while Pádraig loosened the rope that circled the rock. He coiled it roughly and threw it into the bows. Then he ran around the creek, untied the painter attached to the ring in the harbour wall and sprang lightly into the boat. Taking up a boat hook, he used it to push the boat away from the wall. Then, as soon as they were clear of the rocks, he put both oars into the rowlocks and began to row.

He didn't row like the crews Kate had seen practising on the Liffey at Islandbridge. They had used long strokes, letting their oars slide back, face upwards, over the still waters of the river. Pádraig used short, strong pulls, heading the bows of the boat diagonally across the white caps that marked the direction of the tide, though Kate noticed they were moving almost straight out from the creek.

"Are we going anywhere near the salmon cages?" Bobby asked suddenly. "I wouldn't mind having a look at them."

"Ah no," Pádraig told him. "They're over at Calahaigue." Then, glancing over his right shoulder he nodded to Bobby.

"D'you see the float there ahead of us?"

"That blue thing bobbing about on the water?"

Pádraig nodded.

"As I pull alongside, grab it and pull in the line, but gently does it. Don't rock the boat."

With his feet well apart to brace him, Bobby did as Pádraig had told him. Then, shipping his oars, Pádraig reached over the side of the boat and began to haul in the wet line, coiling it loosely at his feet. Suddenly a wicker basket rose to the surface. Apart from a few strands of seaweed it was empty. Pádraig pulled it from the water, took out the seaweed and flung it far out into the sea.

"Now," he said to Kate, "we have to put in

the fresh bait. You'll find it in the bucket."

Kate took the roughly wrapped parcel from the bucket and wrinkled her nose.

"It smells disgusting!" she said.

"The lobsters don't think so," Pádraig told her, "and that's all that matters."

He took the parcel from her and unwrapped it, to reveal a pile of fish heads.

"Yuk!" Kate said, gagging at the sight of all the fish staring up at her with their dead eyes.

Pádraig put a fish head in the pot, before dumping it in the boat. Then he continued hauling. A second basket came up and in this one there was a big black lobster. He waved his claws angrily at Kate as Pádraig pulled the basket on board.

"Oo!" she exclaimed, "he looks awful cross."

"Wouldn't you?" Pádraig grinned.

He put his hand into the basket and grabbed the lobster around his back Then he took a rubber band from his pocket and slipped it deftly over the waving claws before dropping him at Kate's feet. Kate hastily raised her feet from the boards.

"It's OK. I have him handcuffed," Pádraig laughed, putting another fish head in the pot in place of the lobster. "Not to protect your toes, but to stop him damaging his claws."

"I thought lobsters were red," Kate said and Pádraig laughed again as he dumped the second pot in the boat beside the first.

"'Tis easy seen you only met them on a plate!"

Kate went red herself and Bobby was quick to make clear that he was not so ignorant.

"You must never have looked in Hanlon's shop window," he told Kate, "or you'd have seen them crawling around on the slab."

"Since you know so much about lobsters," Pádraig told him, "you can empty the next creel yourself."

Bobby fell silent at that but, when the third pot came up it had no lobster in it. Instead there were two crabs.

"D'you throw them back?" Bobby asked.

"I do not," Pádraig replied. "The Frenchman will buy them at Rossaveal. Tourists pay good money for the crabs, served along with a bit of stuffing and a leaf or two of lettuce."

He seized each crab in turn by its shell, its legs waving, and sent it scuttling along the bottom of the boat towards Bobby. Then he re-baited the pot, dumped it beside the other two and hauled in more line. The fourth pot was empty except for a few shells and Bobby smiled confidently, as Pádraig flung out the shells and put in another fish head.

"Is that the lot?" he asked.

"It is not. There's a half-dozen pots on this line and we have another set off Trá an Dóilín."

At that moment the fifth basket came up and this one had its caged lobster. It was much smaller than the first one but no less nippy.

"A gliomachán for Bobby," laughed Pádraig, passing him the basket.

Bobby looked uneasily at the lobster. It waved its claws threateningly.

"Grab him by the back," Pádraig instructed. "Then he can't nip you."

"I can't get at his back," Bobby complained. "The nasty thing has his claws in the way."

"Get your hand in over the top," Pádraig laughed. "I bet Kate could do it, couldn't you, Kate?"

Bobby didn't give her a chance to reply. Pádraig had put it up to him now and the job had to be done. Gritting his teeth, he plunged his hand in fast, grabbed the lobster and let it go again almost before Pádraig had time to snap the rubber band over its claws.

"If you'd dropped it overboard in your hurry I'd have thrown you in after it," Pádraig laughed, as he threw in a fish head before dumping the pot on top of the other four.

He took the lobster from the last pot himself, re-baited it and dropped it back into the sea. Then he handed the wet line to Kate.

"Just let that run out through your fingers," he instructed. Then he took up the oars again and began to row back the way they had come.

"Are we not putting them all out?" Bobby asked.

"We are," Pádraig told him, "but we want to put the length of the line between each creel. Now, Kate, you can let the next one go."

Rowing against the tide he headed north, as Kate paid out the line, dropping in each pot as she came to it until finally she came to the blue float.

"You can let that go too," Pádraig told her.

Then, as soon as she had done so, he turned the boat and rowed south again. It was easier rowing with the tide and soon they were level with the Coral Strand, sparkling white in the sunlight.

"There's the float!" Kate cried, pointing ahead to where the float lay bobbing in the water. She was about to pick it up when Bobby pushed her aside and pulled it in himself, dripping water over Kate as he did so.

"You're drowning me!" she protested, "and you might have let me do it this time!"

"No, it's my job," Bobby said. "Didn't you drop the last lot in?"

Kate was about to argue, but she saw the look on Pádraig's face. Instead she raised her eyes to heaven and felt herself united with Pádraig in a grown-up feeling of being above such childishness. It was far more satisfying than winning an argument or being the one to lift the pots.

They got another four lobsters in the pots off the strand and put fresh bait into them. Then, with the bottom of the boat full of manacled lobsters, Pádraig turned the boat once more to head back.

"Now can I row?" Bobby asked, but Pádraig shook his head.

"I don't want to be all day getting these lads ashore," he said, nodding his head towards the lobsters. "It's a hard pull back against the tide."

Bobby looked at the waves sweeping out towards the mouth of the bay and saw the point of the argument.

"OK," he agreed.

"Maybe if I'm not needed after the dinner," Pádraig added, "we might row out and take a look at the cages, if you still want to see them. Then you could row back from there. The tide would be with us on the way back."

He was pulling hard against the tide, heading north of the creek to allow for being swept back towards the strand. Suddenly Kate let out a little gasp. Pádraig saw her face whiten. She was looking over his left shoulder towards the creek but, though he took a quick glance shorewards, he could see nothing in the tiny harbour to cause her such alarm.

"What's wrong?" he asked.

"It's him!" she cried. "The poitín-maker! He's standing by the look-out rock, facing over this way. I think he must be waiting for us!"

"Don't worry your head about it," Pádraig told her. "If he is, I'll talk to him."

"No!" Kate cried. "You don't understand! He'll do something awful. I know he will."

"But we haven't been near the lough," Bobby protested, "and the only thing he said was to keep away from it—and not to turn around, but we didn't do that either. Why would he be waiting for us?"

"I don't know," wailed Kate, "but he is. I'm sure he is. Don't go any closer, Pádraig! We must land somewhere else!"

Pádraig, to her alarm, just kept on rowing.

"I'm not leaving the boat at Rinn Point or Calahaigue," he said. "Séamus Dubh won't harm you, Kate. You can be sure of that."

"You wouldn't say that if you'd seen him at the quarry," Bobby said uneasily. "But then maybe that wasn't him at all. We never saw his face."

"It's the man I saw yesterday," Kate insisted. "I know it is! And it was near there I saw him. Please, Pádraig, let's go somewhere else!"

She caught Pádraig by the arm in her urgency, but the unexpected pressure caused the oar in his hand to pull against empty air and he fell sideways, losing his grip on the oar. Before he could recover it, it had slid from the rowlock into the water. Immediately the tide carried it away from the side of the boat, which began drifting sideways on towards the rocks.

5

Spot the Landlord

a eejit!" Bobby yelled at Kate, as she watched helplessly while the oar bobbed further and further from the side of the boat, but Pádraig wasted no time in name-calling. He seized the remaining oar, lifted it clear of the rowlocks and swung it over the stern. Then he began to twist it violently backwards and forwards in both hands until the nose of the boat was clear of the rocks and heading out around the point once more.

"I'm sorry," Kate stammered, but Pádraig ignored her.

"Keep your eye on the oar," he called urgently, as he redoubled his efforts, propelling the boat forward at surprising speed.

Stepping cautiously over the lobsters, Kate edged forward into the bows, watching the oar as it swung and twisted on the tide.

"There it is!" she cried pointing. "Just ahead on our right."

"Starboard," Bobby corrected, but no one took any notice of him as Pádraig altered course a little so as to bring the boat up close to the oar.

"As soon as you can, try and grab it," Pádraig instructed, "only go easy. Don't fall in or capsize us."

Kate reached for the oar, but it bobbed away from her grasp, swinging as if it were a live thing evading capture. As she leaned further out towards it, she felt the boat lurch.

"Steady!" Pádraig called, as he put all his energy into his skulling.

"You're passing it out!" Kate cried, but Pádraig didn't slacken his efforts. The muscles in his arms stood out like knotted twine and the lock of hair on his forehead was beaded with sweat. Suddenly he swung the oar over the stern in a dripping arc and, as the other oar came bobbing past them, used the one in his hands to draw it in towards the boat.

"Got it!" Kate cried triumphantly, as her fingers closed around it.

"Hang on to it! Don't try to lift it!" Pádraig shouted urgently, as the oar turned in the water as if trying to escape once more.

It tugged at Kate's arm with so strong a pull that she felt as if her arm were being pulled from her shoulder. In an instant, Pádraig had laid the oar he held over the scuttling lobsters and was at Kate's side, helping her to pull the second oar from the water. Then, without pausing for a moment, he thrust both oars back into the rowlocks and began to row again. Kate looked at him in wonder. How had he the strength to keep going?

"Are you not tired?" she asked.

Pádraig's only reply was to jerk his head towards the shore and Kate saw that, in chasing the oar, they had travelled back past the Coral Strand again.

"Maybe we could land on the strand?" she suggested cautiously.

"We could not," Pádraig said. "We've had enough trouble over the head of your foolishness."

"I'm sorry," Kate said again, feeling thoroughly ashamed of herself.

She didn't need to be told what it would be like for Pádraig to have to go to his father and say that he had lost an oar. She would never forget the time she had had to face Pat after they had lost a block-booking for a show because she had forgotten to give Maggie a message. Now, tired though he was, Pádraig would have to row hard against the tide once more to make a landing at Boherbee.

Maybe the poitín-maker would have tired of waiting for them, she thought hopefully. She had had no sense of time while they were chasing the oar, but they had travelled quite a distance. She supposed it would have seemed longer to someone waiting on the shore. As they rounded the rocks for the second time, she glanced quickly towards the look-out rock and gave a sigh of relief. The bulky figure was no longer there. Then she saw him, sitting on the tiny harbour wall, his eyes fixed steadily upon them.

"He's still there!" she gasped.

Pádraig gave a quick glance over his shoulder. "Leave him to me!" he said.

He swung the boat around with three rapid strokes, shipped his oars and allowed the boat to glide gently in. Bobby, anxious to impress, grabbed the rope, ready to spring ashore with it.

"Give it to me," Pádraig ordered and, when Bobby did so, he was amazed to see Pádraig throw it across to the waiting figure on the quayside. The poitín-maker caught it deftly, looped it around the rock and knotted it securely, while Pádraig tied the painter to the iron ring.

They were obviously on good terms, Kate thought, as she and Bobby stepped uneasily ashore. She felt even more foolish at the thought of all the trouble she had caused. This was unmistakably the man she had met by the look-out rock yesterday, but it obviously couldn't have been him up at the quarry.

Pádraig leaned over the side of the boat and scooped up a little sea water in the bucket. Then he grabbed the crabs and the manacled lobsters and dropped them into it. The poitín-maker stood watching him, grinning.

"An bhfuair tú do mhaide rámha?" he asked.

"Buíochas le Dia!" Pádraig replied, but Kate had ceased to try to follow what they said. The moment the poitín-maker spoke she had frozen with horror, for that rough, rasping voice was a sound she would always remember. She saw Bobby react to it as well and they both began to edge away from him, but he took no notice of them while he listened to Pádraig, talking easily to him in Irish. Then, with a final nod of thanks, Pádraig turned to follow the others. Everything was all right, Kate thought. He must have explained that they had not been spying on him. Then that harsh voice rang out once more and this time it had the remembered cold edge.

"Fan nóiméad, a Phádraig!"

"Cad é sin?"

Pádraig turned back and, although Kate could not understand what the poitín-maker said, she saw Pádraig's expression change. He shook his head angrily and the Irish sentences flew back and forth between them, growing faster and angrier all the time. Finally, Pádraig turned abruptly on his heel.

"Come on!" he called to them and set off at a fast pace towards the road.

Bobby and Kate needed no encouragement to follow him, even though Kate nearly had to run to keep up.

"What did he say?" she panted.

"He wanted to know why the garda called to our house," he said angrily, "and I told him 'twas no business of his. He said he'd be the best judge of that and that if I didn't tell him what you'd said I'd be the sorry lad. I told him ye had never opened your mouths while the garda was at the house and that his name was never mentioned—that the garda had called to see my father on a personal matter—but he wasn't satisfied. He wanted to know what passed between them and I told him he could ask my father. He said, 'I'm asking you!' and I told him he could take a running jump. Then he said again that I'd be sorry."

"Oh dear!" Kate cried, "now he'll be after you too!"

"I can take care of myself," Pádraig retorted, his blue eyes still blazing.

"But could you not have told him it was about the break-in at the fish-farm?" Bobby asked. "That might have shut him up."

"Would *you* tell *your* father's business to anyone that asked?" Pádraig snapped. "Isn't it bad enough that he'll have been seen going into the barracks? By now the news will be well spread."

"Then you might as well have told the poitín-maker," Bobby pointed out. "I mean, if everyone knows anyway…"

His voice trailed off at the look on Pádraig's face.

"There's never been an informer in our family," he said flatly, "and if you see nothing wrong with grassing on your own father, Séamus Dubh has a right to be wary of you."

Bobby bit his lip. Once again he seemed to have said the wrong thing, though he had only been trying to help. Kate looked back nervously.

She half-expected to see the poitín-maker following them, but he had disappeared. They walked the rest of the way back to the house in silence.

At Knee's, the room which had seemed so quiet before was now full of bustle. Mrs Knee, a small dark woman, hurried to the door to welcome them.

"Fáilte romhaibh! Tagaigí isteach anois!" she cried. "Tá an dinnéar réidh."

"Oh, but we don't expect dinner," Kate protested. "We have sandwiches."

"Then ye can have them later or give them to the goat," Mrs Knee declared. "Ye'll not insult me by leaving my house without a bit to eat. I've a grand bit of bacon boiled along with the cabbage and spuds, so sit in to the table there and let's have no more talk of sandwiches."

"Great!" cried Bobby, plonking himself down on the bench without hesitation. "I could murder a plate of bacon and cabbage!"

"Bobby!" Kate murmured, embarrassed, but Mrs Knee seemed delighted.

"Good boy yourself," she said approvingly. "Suigh síos, a Phádraig!"

"Féach, a Mhamaí!" he answered. "Seacht ngliomach agus dhá phortán!"

"Tá tú go hiontach!" she teased. Then, jerking her head towards Kate and Bobby, added: "As Béarla anois, you can take them down to the Óstán later. They're looking for some for the dinner tonight. If they're all the size of that lad there you should get a good price for them."

"There's one small one," Bobby told her. "The one I took from the pot."

"Well now," Mrs Knee said, as she put a plate of bacon, cabbage and potatoes on the table in front of him, "aren't you the great lad that's able to handle a lobster? There's not many down from Dublin that would be able for that."

Bobby grinned. The day was improving. And she hadn't even sent him to wash his hands. Of course, they were well washed in sea water, but that argument would never have satisfied Maggie.

Pádraig's father came in then.

"Bí id shuí, a Mhichíl," Mrs Knee said to him. "Tá bagún agus cabáiste. Ith suas anois!"

But although he did as he was told, the easy atmosphere there had been in the room before he arrived had vanished.

"Cad tá ort?" Mrs Knee asked him. "Are the gardaí not satisfied?"

"They are, for the print they had is no match for mine, but there was a clatter of young ones outside the shop that had my company well noted. By now my name will be up before every dog and devil in the parish. 'Twill do us no good if word reaches Hallissey's ears and the rent already overdue."

"You'd a right to talk to him and tell him the way things are with us," Mrs Knee told him, but her husband only scowled and muttered:

"Labhair faoi aon rud eile!"

So Mrs Knee asked Bobby and Kate about Dublin and school and what brought them to Connemara. When she heard that Bobby was in a play that was on for a week in Leisureland she had loads more questions about that, and the fish-farm and the gardaí and the mysterious Mr Hallissey were not mentioned again.

After Mr Knee had left the room and they had helped Mrs Knee to wash the delph in the big plastic bowl in the sink, Bobby asked Pádraig if they could go to the salmon cages now, but Pádraig shook his head.

"I've to take the catch to the Óstán," he told him. "And I'm not sorry either. I've had my fill of rowing for today."

"I'm sorry!" Kate mumbled again, her cheeks burning as Bobby looked at her accusingly, but

Pádraig smiled.

"Maybe you'd reason for your fears in the heel of the reel," he said. "I'll take ye out to the cages if ye are this way again tomorrow. Are ye coming with me now to the Óstán?"

"That's where we've to meet Mr Donnelly," Bobby said, "so we may as well."

So, a little while later, the three of them set off once more. This time they turned right where the boreen formed a T-junction near the house and walked away from the little harbour at Boherbee.

"Who's Mr Hallissey?" Kate asked Pádraig, as soon as they were out of earshot of the house.

"The landlord," Pádraig told her. "His father was bailiff up at the big house before the land was divided, so when he made his money, at the building over in England, didn't he come back and buy up as much of the land as he could get. He's manager of the fish-farm too."

"You mean the manager of the fish-farm owns your house?" Bobby asked in surprise.

Pádraig nodded.

"He lives in the big house back the road. Most of the land around here is his now. We used fish out of Calahaigue, but the fishing's bad since the fish-farm started and we got

behind with the rent. We had to sell the boat
and now we've only the curach at Boherbee.
This is the best catch in a long while so I'm
hoping to get a good price for it."

Kate understood now why Pádraig's father
was so bitter about the fish-farm, but she said
nothing. They had reached the road and she
was surprised at the procession of cars heading
out towards Trá an Dóilín after the quiet of
the boreen.

"It's as bad as Dublin for traffic," she
laughed, as they turned left and soon were
amongst houses set as close to each other as
in a city suburb. She recognised ahead of them
the turn that ran down past the quarry to the
fish-farm and the thought of the quarry
reminded her of Séamus Dubh. Suddenly she
felt glad to be back amongst the cars and bikes
and people, so that their morning's fears
seemed more like a nightmare.

When they reached the Óstán, with its
arched windows onto the road, Pádraig turned
to his right down the side of the building.

"Are we not going in?" Kate asked and
Pádraig laughed.

"There's a special door for lobsters," he told
her. "The guests only meet them after they're
cooked!"

At the back, where the building was raised up as if on stilts, he hesitated.

"I'll strike a better bargain on my own," he said. "Go to the front and I'll see the two of ye there."

So Kate and Bobby retraced their steps, passing the windows of the big ballroom and around the front of the two-storey building to the front entrance. There they pushed open both doors and found themselves in the reception area. To their left was the lounge, where a group of young people were talking animatedly in Irish. Kate looked around for Mr Donnelly, but could see no sign of him.

"We're early," Bobby pointed out. "Mr Donnelly said half-three. We would still have time to go out to see the cages."

"We would not," Kate told him. "By the time we'd walked back to the boat and everything, it would take ages. We'll go tomorrow. Mr Donnelly said he'd probably have to come back tomorrow and I'm sure Maggie will let us come too."

At that moment, the entrance door swung open and Mr Donnelly came in, followed by a tall man with iron-grey hair. There was something about the way he moved that made Kate picture him in the uniform of an army officer, though he was wearing a loose tweed jacket. Mr Donnelly didn't notice Kate and Bobby, standing between the lounge and the reception desk beside a stand of brightly coloured postcards of Carraroe and the Aran Islands, but began to move across to his right in the direction of the bar. Kate was about to call out to him, but his first words stopped her.

"It's a bad business, Mr Hallissey," he said, "but at least we know it wasn't Knee after all. They fingerprinted him this morning and he's in the clear."

The other man spoke softly in reply as he crossed the area in front of the reception desk, and Kate moved closer, straining to catch his words.

"There could have been more than one of them involved," she heard him say, "and he was inciting others in the bar. He's one tenant I could do without."

Then both men disappeared around the corner in the direction of the bar.

"That must be the manager of the fish-farm," Bobby commented. "He looks like he was used to ordering people around too."

"Never mind how he looks," Kate said. "Did you hear what he said?"

"He's not mad about Pádraig's father," Bobby

agreed. "I gathered that much anyway."

"It's worse that that!" Kate cried. "He wants to get rid of him."

"I can't say I blame him!" Bobby grinned. "Old Knee's not exactly a barrel of fun."

"D'you want to see Pádraig and his mother thrown out of their home?" Kate demanded angrily. "Hallissey's their landlord and if the rent's not paid he may be able to do that. We've got to prove that it wasn't Mr Knee damaged his boat and his wretched crates."

"But we don't know for sure that he didn't!" Bobby argued. "And even if he didn't, I can't see how we could prove it!"

"Nor can I," Kate admitted, "but I'll think of something." She set her mouth in the way Bobby knew meant that nothing he could say was going to make her change her mind. "There's a lot of bad things happening around here," she went on, "with cans of poisonous chemicals being left lying about and boats being smashed up. I don't know who's behind it all, but I'm going to find out."

"It could be dangerous," Bobby said. "You don't want to end up dead at the bottom of a quarry, do you? It's got nothing to do with us and we were warned this morning to mind our own business."

"It *is* our business now," Kate said fiercely. "Pádraig's our friend and if he's in trouble we've got to help him. And if you don't want to, then I'll only have to do it on my own!"

6

Pick Up the Tab

ate suddenly spotted Pádraig, waving to them from the doorway, and they went outside to join him.

"I couldn't come in to ye with this," he said, indicating the bucket and Kate noticed that, in place of the lobsters, it now contained a fresh newspaper parcel. The Óstán kitchens were obviously glad to get rid of their unwanted fish heads.

She said nothing to Pádraig about what they had overheard. He was so pleased with the little pile of notes in his pocket that she did not want to depress him all over again.

"I'd have got more money only for the gliomachán," Pádraig boasted. "Ye brought me luck today. If ye come tomorrow we can start out early, the way we'll have time at look at the cages."

"We saw Mr—" Bobby began, but Kate kicked him to shut him up.

"Donnelly," she filled in quickly, "so we have to hang on here for him now."

"See ye tomorrow so," Pádraig said and departed, whistling.

"Why did you kick me?" Bobby demanded angrily, nursing his shin.

"To stop you telling Pádraig about Mr Hallissey," Kate told him. "There's no sense upsetting him now. Let's go and look for Mr Donnelly. We might be able to find out a bit more about it."

"They'll only throw us out of the bar," Bobby muttered, but he followed Kate all the same, as she set off in the direction the two men had taken.

Even if there had not been a sign on the bar door they would have found it, simply by following the noise for, even at that hour, it was crowded and the bits of conversation Kate overheard were both in English and Irish.

"No one's going to mind us in here," she said. "They won't even notice us."

At first she couldn't see Mr Donnelly, but then she caught sight of Mr Hallissey's crisp grey hair beyond the group at the bar. He and

Mr Donnelly were at a corner table, bent over a piece of paper spread out in front of them.

"There they are!" she told Bobby. "Reading something or other."

"Plans," Bobby commented knowingly. "You can tell by the thin transparent paper and the way they have glasses on the sides to stop it rolling up. They must be the plans of the watch-tower."

At that moment, Mr Donnelly looked up and saw them. He smiled and waved to them.

"Is it that late?" he asked as they went over to him and then, turning to Mr Hallissey, "These two are Pat Masterson's kids. They're staying with us at Salthill for the week the company's at Leisureland."

"Is that so?" Mr Hallissey looked them up and down. "I saw your father in *Playboy of the Western World* many years ago. He's a fine actor."

"I think we're a bit early," Kate said awkwardly. She never knew what to say when people went on about Pat and, even though the two men were in the bar, they were obviously still working. "We can wait for you outside."

"If you wouldn't mind," Mr Donnelly nodded. "I won't be ten minutes, and then we'll be on our way."

He was as good as his word. Driving back past the church, he asked them if they had had a good day.

"Yes, thank you," Kate said quickly, for fear Bobby might mention any of their adventures that would be likely to discourage Maggie from letting them come back tomorrow. "Did you?"

"I've had better," Mr Donnelly answered. "It's amazing the problems that can crop up over one small watch-tower. Everything was looking good, with a Gaeltacht grant promised for the land for both site and access and another from the County Council for running the road up to it. Now one of the kids who seemed anxious for the work yesterday has pulled out of the scheme for the most childish of reasons."

"What was that?" Bobby wanted to know.

"Because, according to him, we were building on the site of a fairy ring and he was afraid it would bring back luck on himself and his family."

"Do people really still believe stuff like that?" Bobby asked.

"Indeed they do," Mr Donnelly told him. "It's the first I've heard of a fairy ring up there, but now the word is out there could be further drop-outs tomorrow."

Everyone seemed to be having problems, Kate thought, but at least it meant that they could be sure of a lift back to Carraroe next day.

When they got back to Salthill, they found an air of excitement at the digs. After they had left that morning, Maggie had found that the show had been reviewed in the *Irish Times*. It seems they had sent a critic to cover the Galway Arts Festival and *Shanwalla* had been included. A mention in one of the national papers was a great boost for the company and the notice had been good, especially for Pat. This put him in great humour, so there was no difficulty about getting permission for yet another trip to Carraroe.

"Now wasn't I right to book us in for the Festival, even if it did mean facing stiff competition from the other theatres?" Maggie demanded and, for once, Pat was too happy to argue. The notice was sure to improve bookings for the week and, indeed, for the rest of the tour. The only blot on the landscape was Marion, whose cold was decidedly worse.

"I hope I'm not going down with the flu," she moaned, as she gulped down vitamin C tablets and an assortment of cold cures, throat tablets and cough linctus.

"Of course, you're not," Maggie told her briskly. "A summer cold always makes you feel dreadful. Just wrap up warm and go straight to bed after the show and you'll be fine."

Privately, Kate thought Marion did look ill. Her face was flushed and there were pearls of perspiration along her hairline. If it had been anyone but Marion Maggie might have been worried because, while Marion understudied Chloe as the ghost, there was no one to understudy her in her small role in the last act. But Marion fussed so much about her health that everyone had long ago stopped worrying about her and, though Chloe complained that she had turned their shared dressing-room into a chemist's shop, she got through the show that night without a hitch.

Next morning, Bobby and Kate went straight to Knee's the minute they were dropped off in Carraroe. Pádraig was ready waiting for them, the bucket by the door already full of smelly fish heads wrapped in newspaper. This time, Pádraig let Bobby unloose the rope around the rock and coil it, while he untied the painter and Kate stowed the bucket away in the stern. With all this teamwork they had emptied the first line of pots and put fresh bait back into them in no time, though the luck of the previous day seemed to have left them. Two lobsters only scrabbled along the boards of the boat as they left for the second line of pots.

"I'm sorry," Kate exclaimed, remembering how important it was for Pádraig to make a profit on the lobsters just now.

"What are you sorry about now?" Pádraig laughed.

"You thought we'd bring you luck," Kate said, "and we haven't."

"There's time yet," Pádraig grinned, but there was only one lobster and a small crab in the second line of pots.

"Oh, I wish we had got a lot of big lobsters like yesterday," Kate cried, but Pádraig only said: "Wishing fills no pots."

There were probably many days, Kate thought, when the pots were empty.

"At least we have time on our side," Pádraig said, as he swung the nose of the boat around and headed out into the bay.

When they reached the cages, Kate was surprised at the height of the walls, which didn't look nearly so big from a distance. She and Bobby had to stand up in the boat, while Pádraig steadied it, in order to peer over the top.

"They're not really cages at all," she said.

"They're more like swimming-pools!"

"Isn't that what they are?" Pádraig laughed. "Swimming-pools for salmon!"

"Look at that one!" Bobby exclaimed, as a large salmon shot up out of the water and then fell back again in a great silvery arc.

"He won't escape no matter how much leppin' he does," Pádraig told him. "Now you see why the walls are so high. Maybe they don't look to ye like cages but the fish are trapped in them just the same."

"I don't know how anyone can take them out," Bobby said.

"With nets," Pádraig told him. "And of course the fish-farm has a much bigger boat to work from."

"I meant, whoever it is that's been knocking them off," Bobby explained.

Pádraig's eyes widened.

"If anyone has, he'd need a longer-handled landing net than most people have around here," he said. "I'd say 'tis the fish-farm bad-mouthing us again."

Suddenly his tone changed abruptly to one of alarm.

"Sit down, both of ye," he ordered sharply. "We have to get back."

"I'm rowing," Bobby announced, preparing

to swap places.

"You're not!" Pádraig was already dipping the oars into the water, barely waiting for the others to trim the boat.

"But you said I could!" Bobby protested.

"There's no time now. She's sprung a leak and we're shipping water. You bail while I row."

Kate saw then that water was seeping out from under the boards beneath the manacled claws of the lobsters. She remembered the tin mug she had used to bail before and, poking around behind the bucket in the stern, managed to find it, wedged into a corner. With it in her hand, she hesitated.

"What about the lobsters?" she asked.

"Just push them out of the way," Pádraig said impatiently.

Kate pushed gingerly at the nearest one with the toe of her shoe.

Then Bobby sprang into action.

"Lift your feet!" he ordered Kate and then sent lobsters and crab scuttling along the boards under the thwart. He snatched the mug from Kate's hand and began to bail. There was only room for one, crouching over the boards where the water was now sloshing backwards and forwards over them, so Kate sat, hugging her knees to keep her legs out of the way, and measured the distance to the shore. The tide was with them now and they were making good progress. With Bobby bailing, they would surely cover the distance before the boat became too waterlogged. She noticed they were heading to the north of Boherbee.

"Where are we going?" she asked.

"Calahaigue," Pádraig said. "It's nearer."

In that case they would certainly make it, she thought, wondering why Pádraig's mouth was set so grimly and he was rowing so frantically. Then she looked beneath her and realised that by now the water was swishing over the whole length of the boat, even though Bobby was throwing out mugfuls as fast as he could. Even the rope coiled in the bows was beginning to stir gently in the water like floating seaweed.

"The sea's coming in fast now," Kate said. "But why has it only started coming in now? We didn't hit anything, did we?"

"A small hole...just above the water line... stuffed with paper...wouldn't leak...till the boat was low in the water," Pádraig gasped jerkily between strokes.

"You mean, someone did it on purpose?" Kate asked with disbelief.

"Guess who!" Bobby said grimly. "Remember how that poitín-maker said Pádraig would be sorry?"

Kate nodded. It all fitted. But how could anyone do anything so awful? They could have been further from shore and drowned. The boat—the only thing the Knees had left—might have sunk. But there would be time enough to think about that after they had landed. Meanwhile the water was swirling beneath her feet.

"Maybe I could find the hole and stuff something else into it?" she suggested.

"Too late for that!" Pádraig said. "Use the pail now."

With a shock Kate realised that the water was now over Bobby's ankles, making bailing with the bucket possible, and she reached over for it. Bobby snatched it from her hands, giving her the mug. Suddenly it struck her that the boat was moving much more slowly than before.

"What's wrong?" she cried. "If we don't move faster than this we're not going to make it."

"Too much water!" Pádraig gasped.

"Oh well," Bobby muttered, as he flung out another bucketful of water. "We can always swim!"

"There's an awful current," Kate warned him and then caught Pádraig's words, almost lost in his efforts at the oars.

"Can't swim!" he gasped.

Kate looked at him sharply and knew by his expression she hadn't misheard him. It seemed unbelievable that he could have lived all his life surrounded by water and never learnt to swim—a fisherman dependent for his life on a small wooden curach.

"Then we have to make it!" she said grimly.

She seized the mug and began to bail in the stern, scooping up mugfuls of water from behind and under the thwart. Every few minutes she would look up to measure the distance they still had to travel. Now she felt the land to be ever further from them despite all their efforts. The water was beginning to lap against the calves of Bobby's legs yet, no matter how hard he worked, the water still kept coming in.

"At least the lobsters look happy," Bobby said. "They're back in their natural environment now!"

Kate didn't answer. She was too busy bailing, but she found herself hoping the lobsters wouldn't be eating *them* instead of the other way around. After a few minutes she realised it was hopeless.

"It's no good!" she cried. "The water's coming in faster than we can throw it out and the boat's moving slower and slower!"

"Don't stop!" Pádraig said, between gritted teeth.

He was pulling in an absolute frenzy, trying to drag the half-submerged boat by sheer will-power towards the land, but the lower the boat lay in the water, the faster the sea gushed in and the slower it moved. They were still a good hundred yards out from the shore, still in the deep channel and sinking fast. It was clear they were not going to make it.

"Don't wait for her to go down!" Pádraig said suddenly. "The two of ye must jump in and swim. Head north of Calahaigue and the tide may bring you in to the point."

"Not without you!" Kate said obstinately. "I did life-saving at school."

Even as she said it she knew she was whistling in the dark. Trying to keep Pádraig afloat in that sea would be very different from support-ing another girl under the head across the swimming-pool at home.

"I'll take the spare float," Pádraig said. "That should give me a chance. Go on, jump, before you get sucked down."

Kate looked at the water rising inside the boat. No amount of bailing could possibly save it now. Then she measured the stretch of sea between her and the land. It wasn't an impossible distance for her to swim in still water but between waves and current...All the same, Pádraig was right. They were going to end up in the water anyway. It would be better to dive in than fall in, or maybe get sucked down. She positioned herself on the thwart, took a last look at Pádraig and Bobby and prepared to dive.

7

Too Much Excitement

 ate took a deep breath and raised her arms over her head. Then she swung them back, leaning forward a little and shifting her weight onto her toes. Suddenly Bobby let out a yell.

"Help!" he shouted. "Help!"

Kate's arms dropped to her side as she pulled herself quickly back from her dive and looked at Bobby. He was waving frantically. Then she too saw the two figures beside the crates on the quayside and began to shout and wave too. Pádraig was doing the same. Then she saw one of the men wave back and start to run towards the water's edge.

"They've seen us!" Bobby cried. "It's all right. They've seen us!"

The sound of a motorboat engine roared into

life.

"He got his spare part!" Kate half-laughed, half-sobbed with relief. At that moment, there was an ominous gurgling sound and the boat started to tilt.

"Quick! Jump!" Pádraig shouted.

Kate saw him grab something from the bows as the boat gave a sudden heave and, before she had time to dive, she was flung into the water. The shock stunned her for a second. Then she felt herself going down and down. Instinctively she struggled and became aware of water rushing past her. Striking out with her arms, her head suddenly broke the surface. She tried to look for Bobby and Pádraig, but a wave broke over her head, filling her eyes and mouth with water.

As she spluttered and choked, fighting to keep herself afloat, she felt a strange throbbing sensation that seemed to get stronger and stronger. The sea around her seemed to be pulsating as if it were being lashed by the tail of a gigantic fish. Then she realised it was the engine of the motorboat, beating the water like a giant food mixer.

"Hang on there!" she heard a voice shouting and then felt arms around her.

"Get Pádraig!" she spluttered. "He can't

swim!"

"Don't worry! We have him!" someone said.

For a moment she felt as if her body was a giant Christmas cracker, being pulled between the arms and the sea. Then there were boards beneath her once more and she lay exhausted, tossing gently as if she were being rocked in a cradle.

Dazed and numb, for a few minutes she felt nothing but relief that the struggling was ended. Then she became conscious of wet clothes clinging to her and found she was shivering.

"An bhfuil tú fuar?"

The man who had dragged her on board was bending over her. He was younger than she had realised, with red curly hair and a nice smile. She nodded, her teeth chattering, as the engine suddenly ceased its quiet sputtering and roared out once more as she felt them surging forward.

The man went away and returned with a large plastic sack, which he laid over her. He said something but the wind whipped his words away from her. He bent closer and she caught a few words in English.

"Keep out the wind."

It was slippery and not very nice to feel but

she supposed you wouldn't expect to find blankets on a fish-farm boat.

Then she was being helped ashore. Bobby and Pádraig were there too and Bobby was no longer giving good advice. He looked very white and Kate guessed he too had found that swimming fully dressed in an emergency was not at all like swimming for fun. Pádraig looked even more shaken. He kept coughing from the sea water he had swallowed and someone had flung an old piece of sacking around his shoulders.

He must be thinking about his boat, Kate suddenly realised. It was not just the loss of an oar he had to report to his father now. And if Bobby had not been so anxious to see the salmon cages, it might still be safely tied up at Boherbee. The older man, who must have been at the tiller of the motorboat, shepherded them into the building near the jetty.

"Get the oil-stove lit and make a pot of tea," he ordered the young lad.

Then he disappeared, but returned almost at once with a couple of towels.

"This is all I could find in the washroom," he said. "Not the cleanest, I'm afraid, but a lot better than pneumonia." He handed one of them to Kate. "Now, into the washroom with you and get those wet things off," he ordered. "You can put my gansey on you till they're dried out. The lads can strip off out here. They'll have to share the second towel."

By the time Kate emerged from the washroom, enveloped in a heavy dark blue sweater that came almost to her knees and hung down over her hands so that they flapped like wings as she moved, the boys were huddled over the lighted stove, wearing a strange assortment of knitted scarves, hats and oilskins. On the other side of the stove, a line was strung out across the shed and from it, steaming, hung their wet clothes.

"Maith an cailín!" the red-headed youngster said. "Tabhair dom do jeans."

Kate handed him the sodden pile of denim and joined the boys beside the stove.

"Tá sé go deas teolaí anseo," her new friend smiled encouragingly, as he wrung out her clothes and hung them beside Bobby's and Pádraig's on the line. "An bhfuil cupán tae uait?"

She realised then that the others already held steaming mugs that added to the steam rising from the wet clothes on the line. As she gulped down the scalding sweet tea, the shivering stopped and she began to take notice of her surroundings.

The building they were in was really no more than a large shed, with a section partitioned off for the washroom. All around the walls were stacked plastic sacks like the one that had served her as a blanket and, from the labels, she realised they were full of fish-food. There were long-handled nets for catching fish, tanks for transporting them and cans of fuel for the motorboat. Kate noticed that these were all at the far end of the shed, well away from the oil-stove, and it suddenly struck her that if whoever broke in had really meant to do damage it would have been only too easy to have burned the place down. It was more as if he had only wanted to frighten them, for breaking up a few crates and damaging the motorboat engine was small damage compared with holing the boat, as theirs had been holed, and burning the shed to the ground.

It reminded her of the way the poitín-maker had frightened herself and Bobby up at the quarry. Could it really have been he who had holed their boat? Only for the men from the fish-farm seeing them when they did, they might all three have been drowned. That was going a lot further than just frightening Pádraig.

But maybe the boat hadn't been holed deliberately at all. Maybe they had sprung a leak in some other way. They could have found that out by examining the boat, but now it was at the bottom of the sea.

Kate became aware that Pádraig was talking to the two men. Her Irish wasn't quite good enough to follow the conversation but she recognised words like "bád" and "snámh" so she guessed they were talking about the same thing. The two men looked very serious and shook their heads.

"Bhí an t-ádh leat!" the red-head said, but Kate felt sure Pádraig didn't think himself lucky with no boat with which to empty the lobster pots tomorrow.

"What will you tell your father?" she whispered to him when the men moved away to get on with their work.

Pádraig shook his head in despair.

"What can I tell him," he answered, "only the truth?"

He got up and felt the clothes on the line. Then he turned them over so that the side which had been away from the stove now faced it.

"They won't be long drying," he said. "There's great heat in that stove."

Soon they were dry enough to put on, though Kate's jeans had a funny stiff feeling from the sea-salt that had dried into them. Only when they were dressed and ready to leave did Kate notice the row of cans stacked on a shelf, where they had been hidden from her before by the hanging clothes. Nuvan! She could clearly see the word "Poison" on the label. Leaving that empty can in the stream above the Knees' house could also have ended in tragedy. Someone was clearly willing to go to considerable lengths to get what he wanted. But what exactly did he want? It was all very confusing.

"How will you empty the lobster pots tomorrow?" Bobby asked Pádraig, as they set out up the hill from the jetty.

"I don't know," Pádraig said in despair. "Maybe my father can come to some arrangement with one of the other fishermen. Or maybe with help we can raise the boat and repair her. If we can't 'twill be the end of us."

"It's not fair!" Kate burst out. "If he did it, Séamus Dubh should be made to buy you a new boat!"

Pádraig laughed bitterly.

"He'll not do that, and maybe he wasn't the cause of it at all. We don't know."

"What other explanation could there be?"

Bobby argued. "If we'd struck a rock we'd have known it and the boat was OK when we left Boherbee."

"And Séamus Dubh said you'd be sorry," Kate added.

"Maybe so, but we don't know for sure," Pádraig repeated.

He walked on in silence for a moment. Suddenly he seemed to make up his mind. He stopped abruptly near the top of the rise.

"I'm going to see Séamus Dubh," he announced.

"Are you mad?" Bobby cried. "He's not going to tell you if he did it and he might do something awful if you accuse him of it!"

"I can't see what good it will do," Kate agreed.

Pádraig's jaw tightened and she knew it would only be a waste of time arguing with him.

"He's a neighbour," Pádraig told her. "He'll not go away and nor will we. We have to sort out this thing that's between us now or 'twill only be war from this out. Do ye think my father will take it easy when I tell him the boat's gone? If he thinks 'twas myself holed it he'll kill me and if he thinks 'twas Séamus Dubh he'll go after him. 'Twill have to be settled one way or the other."

"But Séamus Dubh will kill *you*!" Kate cried.

"He will not!"

Kate suddenly felt that this was a different Pádraig from the one they had been with for the past two days. He suddenly seemed to have grown up and to be no longer just an older version of any of Bobby's friends, apart from his Connemara accent and the odd turn of phrase. Suddenly she found herself thinking of tales about Fionn and his warriors.

"I'm not a cockerel that he can wring my neck without thought of tomorrow," he went on. "He thinks we informed on him and that's what made an enemy of him. I have to prove him wrong. Ye best go to the Óstán. I'm for Lough Natawnymore."

"No!" Kate said obstinately. "If you go I'm going with you."

"That's foolish talk," Pádraig told her. "'Tis between him and me. Ye don't come into it."

"Oh yes we do!"

Bobby sounded more sure of himself than he had done since they first discovered the boat was leaking. "Didn't he threaten to push us into the quarry? And weren't we in the boat when it sank? Kate's right. We'll all go."

Pádraig looked at him for a second and then,

with a brief nod of agreement, set off up the rough track that was to be the site of the new road to the watch-tower. The track climbed steeply, skirting Lough Natawnymore and, by time they had reached the summit, Kate was gasping for breath.

"Hang on a minute," she begged Pádraig. "I'm getting a stitch in my side."

They were none of them in the best of condition after the morning's misadventures, so the boys were glad enough of the excuse for a break. They stood for a moment, looking down on the lough below, sparkling in the sunlight, and Kate could see the swans, floating slowly out towards the still water from the reeds on the far side. Suddenly she remembered how Séamus Dubh had warned Bobby and herself to stay away from the lough and here they were right on top of it. Even though the sun was warm on her face, and her T-shirt and jeans were now quite dry, she gave a little shiver.

"That's where Séamus Dubh lives."

Pádraig pointed to a small cottage ahead of them, facing out across the length of the lough towards the road and the quarry. A wooden curach was pulled up on the shore in front of it and a small patch of potatoes showed dark green beside the stone wall. It looked harmless enough, pretty even, but far enough away from any of the other houses to give Kate the same uneasy chill she had felt a moment before. In no hurry to continue their journey, she looked around for somewhere to sit, but rain had filled the ruts left by the JCB.

"There's a rock beyond the wall," Pádraig suggested.

Kate looked doubtfully at the loose stone wall. Even had she not felt so tired, it would be hard to climb without bringing it down on top of herself. Pádraig grinned and, moving along it a short distance, took three large stones down from the top.

"You get over here," he told her.

When all three were over, Pádraig replaced the stones while Kate looked around her. The rock was only a few yards away across the field but it looked as if it provided no foothold, let alone a seat. Undaunted, Pádraig led the way to the far side of it, and Kate saw that it curved outwards and then fell away to form a natural seat facing out to sea. Sinking gratefully onto it, her back against the rock-face behind, she realised she was looking straight out towards the salmon cages.

Only a short time ago they had been out there themselves, yet so much had happened in the meantime that it seemed a lifetime away. Pádraig's voice broke into her thoughts.

"That's where they're building the watch-tower," he told her, pointing to a flat piece of ground nearby. "I'm surprised they haven't started yet."

"Maybe it's because of the fairy ring," Kate said.

Pádraig looked at her in surprise, echoing her last words.

"Mr Donnelly told us about it last night," Bobby explained. "One of the lads on the scheme cried off because he wouldn't take part in the destruction of a fairy ring."

"There was never a fairy ring there," Pádraig said flatly, "wherever he got the notion."

"Are you sure?" Kate asked. "He'd hardly pack in his job unless he believed it was there."

"Haven't I lived here all my life?" Pádraig sounded irritated. "There's not a fairy ring or castle in the parish that's not well known to me."

"But someone must have told him there was one there," Bobby persisted. "Someone he was sure would know."

"Maybe someone that didn't want the watch-tower built," Kate said thoughtfully.

"Then it must be whoever was knocking off

the salmon," Bobby laughed.

Pádraig shook his head doubtfully and Kate remembered then that he had doubted the whole story of someone stealing salmon. She became aware of men's voices in the distance. Then, as they came closer she realised they must belong to people following the track they had followed themselves, for their speech was becoming laboured from the effort of climbing. Suddenly Kate gripped Bobby's arm, for there was no mistaking the rough, deep voice.

"It's Séamus Dubh!" she whispered.

"Good," Pádraig said. "When he gets up here I'll talk to him."

But when the men got close enough for their words to be heard, the very first sentence held Pádraig frozen where he sat.

"You'll only have to wait till the light fades," Séamus Dubh was saying, "for 'tis not a thing can be done by the light of day."

"And I've already told you I can't wait," the other man replied impatiently.

The two men must have reached the summit and paused for breath as the three of them had done for, although they were speaking softly, the men's voices carried so clearly across to the rock behind which the three were hidden that they must have been on the track only yards away.

"Did Tomáisín Seán not explain the need for caution?"

"Indeed he did, but I must head back to Dublin within the hour if I'm to catch the evening boat."

"Then 'tis a bad time you've picked, for only yesterday the gardaí called to the house looking for me. As it chanced, I was abroad and they wouldn't state their business, but they'll likely be back. I'll take no chances today before dusk."

"Would this make it worth your while?"

Kate heard the rustle of banknotes and a sharp intake of breath. When next Séamus Dubh spoke his tone had changed. "You'd want to be careful driving through the village."

The other speaker sounded annoyed. "I'm not an eejit altogether. It will be wrapped in my jacket in the boot with the luggage."

"Then you'd best wait in the house while I fetch it. The missus will make you a sup of tea."

The other man laughed.

"It's not tea I want."

"Maybe so, but 'tis tea you'll drink. If anyone calls, you're a distant cousin over from Birmingham. 'Tis well known the missus has family there. Stay away from the window and don't stir out till I get back. Come on now and I'll take you to her."

The sound of a boot striking off a stone told the listeners that the men were moving off down the track. Even so, they waited a long time, hardly daring to breathe. Then Pádraig took a cautious look around.

"'Tis OK," he announced. "There's no sign of them."

"Well," Bobby commented, "you can't call to the house now!"

"Not when he's doing business," Pádraig agreed, taking down the three stones from the top of the wall once more.

"He'd be certain sure we were spying on him if we did," Kate pointed out. "Let's go!"

She was eager to put as much distance as possible between them and the poitín-maker and was already on the track ready to go back down the way they had come, when suddenly she caught her breath.

"There he is!" she gasped.

Below they could all see him, a small figure coming from the door of his house and walking to the shore.

"Keep back," Bobby whispered, "in case he looks up!"

Retreating from the edge of the track and

crouching low, they watched him pull the boat over the shingle into the reeds at the water's edge. Then he climbed into it and pushed it out onto the surface of the lough. With a few strokes of his oars, he pulled over to where the log Kate had pointed to the day before lay, half-submerged in on the water. He took a quick look around, shipped his oars and leaned over the side of the boat.

"The log!" Kate breathed, "it's—" but before she could say more, Pádraig put a finger to his lips to silence her.

"Sound carries over water," he whispered, his lips against her ear.

Séamus Dubh gave another quick look around and began to haul, the way Pádraig had hauled in the lobster pots. Up came a canvas bag and even from where they watched, they could hear a faint clink, as of bottles striking each other. From the bag the poitín-maker snatched a bottle and thrust it inside his buttoned jacket. Then he lowered the bag into the lough once more, carefully paying out the nylon cord until there was nothing to be seen except the end of a log, just sticking up out of the water. He took a quick look around again and then took up his oars, pulling the boat back through the reeds with a few swift strokes. Then he jumped out and hauled the curach back on shore, before strolling casually into the house and closing the door behind him. In an instant, all was as it had been when Kate first looked down at it, except that then the door of the house had stood casually ajar.

"That's why he told us to stay away from the lough!" Bobby gasped. "It's where he hides the stuff until he has a buyer for it!"

"And the log is a sort of a float," Kate added, "like the blue ones Pádraig had to mark the lobster pots!"

Bobby's eyes were out on sticks.

"He must have thought we knew," he exclaimed. "Don't you remember, Kate? You were pointing to the log when he grabbed us."

Kate shivered again. They had been playing with fire without knowing it.

"Let's go!" she said, and the three of them hurried back down the track to the road.

Neither of the boys spoke on the way down and Kate guessed that Pádraig was nerving himself once more for the forthcoming scene with his father. She felt sorry for him, thinking how much she would hate to have to be the one to announce that his boat was at the bottom of the sea. Suddenly Bobby broke the silence.

"I bet it was Séamus Dubh started the rumour about the fairy ring," he said.

Kate's mind had been on Pádraig and the boat so, for a second, she could not think what he was talking about.

"What?" she asked.

"Don't you see?" Bobby said in excitement. "We saw everything from close to where they're going to build the watch-tower. It's for keeping an eye on the salmon cages but anyone in it would pretty soon sus what's going on in the lough. Once that watch-tower's built, your man will have to find somewhere else to hide his goods."

Pádraig nodded in agreement.

"If there was a way to stop them building that tower ye can be sure Séamus Dubh would give it a try," he said.

"And if Séamus Dubh had told him, the lad would never have doubted it for a moment," Kate added eagerly. "Doesn't he live right beside it, so who would know better than him if there was a fairy ring?"

"Ye could be right about that," Pádraig said, "but the boat's another day's work. I don't believe Séamus Dubh would try to drown the three of us."

"Believe what you like," Bobby said, "but I

think he did it. Who else is there?"

"If he did," Pádraig said slowly, "he never meant to harm us, only give me trouble, as a warning like, the way he warned the two of ye."

"Some warning!" Kate cried. "We could have been further out when the boat sank, or there might have been no one around to hear us shout."

"I doubt he thought we'd be in the boat at all," Pádraig said slowly. "I was meant to find her sunk on her moorings when I went down to empty the pots this morning."

"Then why didn't you?" Bobby demanded disbelievingly.

"There was a very low tide last night," Pádraig said. "She was probably beached when he holed her and he punctured her too high above the water mark. 'Twasn't till we started jumping around in her when we were looking into the cages that she settled low enough to start shipping water."

"If it was only a warning, it was a pretty drastic one," Bobby commented.

"That's his form," Kate said. "Like threatening to push us into the quarry and putting Nuvan in the stream."

Pádraig stopped dead in his tracks.

"What makes you put that down to him?" he asked.

"I don't know," Kate admitted, "but it seems like the sort of thing he'd do."

Pádraig shook his head.

"Ah no," he said. "The quarry and the boat were to warn us off, the way we'd think twice before we'd inform on him. Remember he thought ye knew about his hiding place and then he saw us together. Next thing he sees the garda calling to the house while you were there. I wouldn't blame him for being suspicious, but the jar of Nuvan's another day's work entirely. Why would he do a thing the like of that?"

"I don't know," Kate said again, "but he did so many bad things I think he probably did that too."

Pádraig's face darkened.

"That's the class of thinking has my father in trouble," he said. "He gives out about the fish-farm that's been the ruin of us, gets into a fight over the head of it and them that think like you blame him for the break-in, the damaged engine and taking salmon from the cages. You'd want a better reason than that for putting a jar of Nuvan down to Séamus Dubh."

Kate thought about it for the rest of the way back to Knee's, her mind sharpened by the sight of the quarry as they followed again the track that skirted it, but she still couldn't think why Séamus Dubh would put Nuvan into the stream. Her thoughts were jerked sharply back to the present as they came within sight and sound of the house.

They heard angry shouting and Kate recognised the voice of Michael Tom Knee. It was hardly the best time to have to tell him their bad news if he was already angered about something. Then, from the door walked Mr Hallissey, curses following him as he strode away. The look on Pádraig's face told Kate that things were even worse than he had feared.

"This time we're truly finished," he groaned.

"You don't know that," Kate began, trying desperately to think of something helpful to say, but Pádraig wouldn't listen to her.

"A blind man could see it," he interrupted fiercely. "He wants us out. And not even the boat to make a few pound extra. 'Tis the end for sure!"

8
Ends in Tears

e'd better not go in so," Kate said, feeling the last thing in the world the Knees needed just now were guests, but Pádraig turned to her, his eyes blazing.

"Would ye shame us as well?" he demanded. "Do ye think we're paupers that we haven't enough in the pot for ye?"

"Of course not," Bobby said. "And I could do with a hot meal after this morning's swim."

Before Kate could say anything, he followed Pádraig into the house, so she had little choice but to bring up the rear.

Michael Tom Knee was sitting at the table, his head in his hands, while his wife stood looking down at him, still holding the spoon for stirring the pot. She looked up as Pádraig came in, almost as if she sensed there might be more bad news. In one glance she noticed all three were empty-handed, took in their seaweed-stained clothes and read the expression on Pádraig's face. As he opened his mouth to speak, she held up her hand to silence him and Kate knew she was signalling to him that his father couldn't take any more trouble just yet.

"Tá na leanaí ag teacht," she said gently to her husband.

He looked up and all the fight seemed to have gone out of him.

"They may as well know," he said, "for won't the whole parish know before the day is out? If we don't pay what's owing by Friday, Hallissey will have us out on the roadside."

"I'm sorry," Kate mumbled, not knowing what else she could say.

"I begged him to give us more time," Mrs Knee told Pádraig, "but he wouldn't listen. He was like a black devil. I don't know what's got into him. 'Tisn't like him to be so hard."

"Don't you know well he blames me for the trouble at the fish-farm?" Mr Knee cut in angrily. "What harm that my prints didn't match the one they found. He has the thought in his head and nothing will shift it."

"'Tis no use talking now. The harm's done," his wife said. "Let's eat while we still have food to put on the table."

It was a strange meal, eaten in silence, with everyone either busy with their own thoughts or not knowing what to say. And still nothing had been said about the boat.

When the meal was over, Mrs Knee shooed them from the room. It was clear she wanted to talk to her husband and Kate was glad to get out into the air, away from the feeling of despair that clung to the house.

"Where will you go?" she asked Pádraig.

"My uncle will take us in," he said, "but we can't be dragging out of him for ever. Without the boat or the land, we'll have to find work somewhere. I doubt my father or I will get anything around here. We can try for something in Galway. If not, 'twill be the boat for England or America."

Suddenly Bobby grabbed his arm, his face flushed with excitement.

"I know who made all the trouble at the fishfarm," he shouted.

Pádraig shook off his hand.

"It doesn't matter now," he said.

"Of course, it does!" Bobby's eyes were alight with triumph. "It isn't just the rent. Your father said so himself. If Mr Hallissey finds out he blamed your father in the wrong he'll be ashamed and he'll give you more time to find the money for the rent. Don't you even want to know who it was?"

"We know already what you're going to say," Kate told him wearily. "You think it was Séamus Dubh, because he's the only one around you know anything about, but it doesn't matter what you think because you don't know."

"But I do! I know why he did everything. It's for the same reason he doesn't want the watch-tower built. Mr Knee and the other fishermen are against the fish-farm because they think it's ruining their business. They protested and so they're under suspicion. But Séamus Dubh knows it's ruining *his* business, only he couldn't say anything and that's why no one suspected him."

"How is it ruining his business?" Kate asked.

"Don't you know well that before the fish-farm started there was hardly anyone around the lough, except for the people in the cottages and Pádraig and his father going up and down to their boat at Calahaigue? Now there's Mr Hallissey and the men that work at the farm and the vans and lorries delivering fish-food and equipment and collecting the tanks of fish. Do you imagine we're the only ones he doesn't like being near the lough? And no matter how often he shifts the worm, it's to his home his customers will come so he has to keep the stuff for selling close by, or chance being seen bringing it there. Unless he finds somewhere else to live, the fish-farm is putting his whole operation in danger."

"Brillo!" Kate cried. "He wanted to make so much trouble that the fish-farm would get fed up and go. He hoped if things kept going wrong and there was nothing only break-ins and machinery wrecked and protests by fishermen and rows with the workers, they'd maybe move the whole thing some place else!"

"So he took fish from the cages," Bobby went on, "and tampered with the motorboat engine and broke into the shed and smashed up the crates, hoping the owners would get fed up—"

"And when a few days went by without any protests over the sea trout disappearing," Kate cut in, "he put the empty can of Nuvan in the stream so as to stir it all up again!" She turned to Pádraig triumphantly. "Don't you see, it all fits!"

"Maybe," Pádraig said shrugging, "but 'tis my father took the blame for it."

"And maybe that's what Séamus Dubh meant to happen when he picked your land to leave the can of Nuvan on," Bobby suggested. "Hasn't it kept everyone from suspecting him? And if you were to tell anyone what you know about him they might think you were only trying to shift the blame from yourself."

"All the same," Kate told him, "it's what you have to do. Go to Mr Hallisseyand tell him everything that's happened—about the boat and everything. If he's half a brain in his head he'll see how it all fits."

Pádraig shook his head.

"I'm no informer," he said.

"You don't have to go to the guards," Kate urged. "Only to Mr Hallissey."

"And wouldn't he go straight to the gardaí then?" Pádraig demanded. "Unless he thought 'twas all lies."

"Let him!" Bobby said. "That's up to him."

"Maybe so," Pádraig replied, "but I'll not do it. There was never an informer in our family."

Kate looked at him in despair.

"D'you mean to say you'd let your family be put out of the house without lifting a finger to prevent it?" she asked accusingly.

"And I bet Séamus Dubh wouldn't hesitate to tell on *you*," Bobby added. "Hasn't he already let your father take the blame for things he did himself?"

"That was due to no word of his," Pádraig argued. "He's not to blame if idle tongues wag. Would you expect him to go down to the barracks and give himself up?"

"Now you're defending him!" Kate cried in amazement. "Anyone would think you were on his side!"

"I'm only saying he's no informer," Pádraig said sullenly. "And nor am I or any belonging to me."

Kate had a sinking feeling in her stomach. She had only known Pádraig three days but she had come to think of him as a friend. Mr Donnelly would surely finish his business in Carraroe today and she would probably never see Pádraig again. They would be saying good-bye at a time when he was in trouble and she would have to leave without having done a thing to help him. Maybe she would never even hear what happened to him. Even worse, they were as near as they had ever been to a quarrel. She would go remembering the sulky look on his face instead of the way he had smiled at her on the boat. She realised, as she looked at him, that he would always see things differently from her. However close they had become for a time through shared danger, he would still always think of her as an outsider.

"I think we should go," she said to Bobby. "Pádraig will want to discuss plans with his parents. We'd have to go soon anyway."

She expected Bobby to argue. There was plenty of time before they had to meet Mr Donnelly but, to her surprise, he seemed to understand the way things were.

"Goodbye," he said to Pádraig. "Thanks for taking us to see the cages. I'm sorry things turned out the way they did."

"Ye weren't to blame," Pádraig answered. "The boat might have gone down while I was emptying the pots."

But he had said, Kate thought, that it was only the weight of the three of them that caused her to sit so low in the water.

"I hope you find work!" she blurted out. "I'll ask Mr Donnelly if he knows of anything."

"Thanks," Pádraig said. "Good luck now!" And he turned abruptly on his heel and went into the house without a backward look.

Kate turned her face away from Bobby so he wouldn't notice the tears stinging her eyes. It was childish to be so upset, but it was a sorry end to their time in Connemara. She would spend their last three days the way Bobby wanted, swimming from the beach at Salthill. They trudged in silence along the boreen that only yesterday they had walked with Pádraig, laughing and chattering.

As they rounded the bend in the boreen, they saw a car ahead of them. It was an Isuzu Trooper and one of the front tyres was flat. The spare had been removed from the back door and was lying by the side of the ditch. Peering at the flat tyre, a hydraulic jack by his side and an unhappy expression on his face, was Mr Hallissey.

He looked up hopefully as Bobby and Kate came towards him, but his expression changed again to one of disappointment when he saw who it was. Kate guessed that he had hoped to see one of his tenants, who would change the wheel for him.

"Are you in trouble, Mr Hallissey?" she asked.

"I seem to have picked up a nail in the off tyre," he said. "I'm not much of a mechanic— always left that sort of thing to the experts. I was just wondering if it would be quicker to get help from the village than attempt the job myself. There's no one up at the house just now."

"Would you like us to run to the village for you?" Kate offered, and then felt like a traitor for offering to help the man who was treating

Pádraig so badly. At the same moment, it struck her that, if he hadn't left the Knees on such bad terms, it would have been the nearest place for him to seek help.

"I can do better than that!" Bobby boasted. "I can change the wheel for you."

Mr Hallissey looked at him doubtfully.

"Are you sure you know how?" he asked.

"It's easy with a hydraulic jack," Bobby said. "So long as you make sure the brake's full on and you loosen the wheel nuts before you start. I helped Chris change the wheel on the van last week and he'd only an ordinary cheap jack."

"In that case, I'd be most grateful," Mr Hallissey told him.

"OK," Bobby said and, ignoring the dirty looks Kate was giving him, took charge of the situation with complete confidence.

"Check the handbrake, put a stone under the back wheel to stop her rolling and leave the rest to me," he ordered Mr Hallissey.

His confidence wavered for a second when one of the wheel nuts refused to budge, but only for a second.

"This one needs the strength of a grown man," he declared airily. "Maybe you'd give it a turn or two?"

Mr Hallissey, who was fit enough even if he did lack the most basic skills in car maintenance, managed to turn it, but Bobby remained the boss. He rolled the jack under the car and had the wheel high off the ground in seconds.

"Mind those for me," he ordered Kate grandly, putting the dirty wheel nuts into the palm of her hand. "I don't want to chance losing them in the mud."

He removed the wheel with the flat and then turned to Mr Hallissey as if he were a not too reliable assistant.

"You can throw that in the back to leave in to the garage," he instructed him.

Meekly Mr Hallissey did as he was told, while Bobby put on the spare wheel, took back the wheel nuts from Kate and put them in place. As soon as he had tightened them, he gave one touch to the jack and the wheel was back on the ground. He felt the tyre and nodded.

"You'd want to get more air in that when you pass the garage," he said casually, "and maybe you should give the wheel nuts an extra turn or two now, just to be on the safe side."

He kicked the stone away from the back wheel, wiped his hands on the wet grass at the side of the ditch and dried them on the legs of his jeans. Then he watched critically as Mr Hallissey tugged at the brace. Finally he nodded again.

"That's it then," he said grandly. "The job is right. You'll be able to do it for yourself the next time."

Mr Hallissey looked at him in awe.

"You're a very handy lad for your age," he commented. "If you were the son of a motor mechanic now I'd think nothing of it, but it's not what I'd expect from an actor's son."

But Bobby had no intention of allowing Mr Hallissey to resume the superior role.

"From an actor," he corrected. "I'm playing in the show myself."

"I see." Mr Hallissey put his hand into his pocket. "But I trust an actor would accept something to buy ice-cream?"

Suddenly Kate had a brainwave.

"Maybe instead you'd do something for us?" she asked.

"Anything within reason," Mr Hallissey smiled. "What is it you want?"

"Help for a friend of ours," Kate replied. "His name's Pádraig Knee."

Mr Kirwan's face darkened.

"I'm afraid that might be difficult," he said. "His father has caused me a great deal of trouble."

"But it wasn't him!" Bobby shouted. "The man that made trouble for you made plenty of trouble for him too. He even sank his boat!"

"I don't know what you're talking about," Mr Hallissey remarked, and his voice was cold.

"Of course you don't!" Bobby cried. "But if you'll only listen I'll tell you. You said you'd do anything within reason. Surely it's not unreasonable to ask you to listen for five minutes?"

"All right," Mr Hallissey agreed reluctantly, "but don't be too long about it. I have an appointment."

"Well, it was like this," Bobby began, and launched into his story of how the fish-farm had brought a lot of traffic to Calahaigue and how this had caused problems for Séamus Dubh. He missed out nothing, telling what had happened at the quarry and all they had overheard and seen near the site of the watch-tower. As he spoke, Mr Kirwan's impatience changed to interest and, when Bobby spoke of how they had almost drowned on the way back from inspecting the salmon-cages, his face darkened again.

"If even half of this is true the man's a menace," he growled. "But are you sure it's not just fantasy?"

"The man at the fish-farm will tell you how they rescued us this morning," Bobby told him, "and if someone could only salvage the boat, they could probably tell if it had been deliberately holed."

"And of course the guards can search the lough for his stocks of poitín," Mr Hallissey commented.

"Pádraig wouldn't like that," Kate said. "He thinks informers are worse than anything Séamus Dubh did. That's why he wouldn't tell you any of this himself. He'll never speak to us again if the guards are told."

"But if Séamus is leaving cans of Nuvan around he'll have to be stopped," Mr Hallissey said seriously. "I'm having enough trouble with the Sea Trout Action Group and the Clean Water Association without that. As for the guards, if you're right about Séamus breaking into the fish-farm, the guards will find that out for themselves, because his prints will match the ones they got yesterday morning. That's one of the things that makes me doubt your story. I understood they'd already printed everyone in the immediate neighbourhood."

Kate looked worried for a moment. Then her face cleared.

"He told the man who came wanting to buy

poitín that the guards had called while he was out," she said. "He was afraid they'd come back while he was getting the bottle. So they couldn't have taken his prints yet."

"That would explain it, I suppose," Mr Hallissey agreed, but now it was Bobby's turn to look worried.

"It's funny though," he puzzled, "Séamus Dubh never said anything about fingerprints. You'd imagine if he had broken into the fish-farm he'd be worrying about having left prints."

"It mightn't occur to him," Mr Hallissey said. "He's not like one of your Dublin bowsies that's well-up in crime detection. Except for illicit spirit-making, he probably never before broke the law in his life."

"Then you do believe us?" Kate asked.

"I believe you're telling the truth about what you saw and heard," Mr Hallissey answered, "but a lot of what you say is mere guesswork. I understand your reasoning and you may well be right, but it would have to be checked. Just because Séamus is guilty of some things, we can't assume he's guilty of all of them.'

"Isn't that exactly what you did with Pádraig's father?" Kate said, before she could stop herself.

Mr Hallissey looked at her.

"If I've done Michael Tom an injustice," he said after a moment, "I'll have to try to make amends for it."

And with that Kate had to be content, for Mr Hallissey refused to say more. Still, it was the reaction she had hoped to get and maybe good might come of it. She would have liked to tell Pádraig, but she was too scared that he would attack her as an informer. In any case, it might be foolish to raise his hopes until Mr Hallissey had done his checking. She suddenly felt very tired and realised that all the excitement on top of their unexpected morning swim had taken it out of her. When Mr Hallissey offered to drop them off at the Óstán, she was glad enough to hear Bobby accept. She thought that after the others left for the theatre she might rinse the sea-water out of her clothes, give them to Mrs Donnelly to dry in the heat of the kitchen, and take her book to bed with her. For once she felt like having an early night. But when they got back to the digs there was a maroon-coloured Datsun parked in the driveway.

"Hullo!" Mr Donnelly exclaimed. "What has Dr Barry calling to the house? I hope there's not been an accident."

The doctor was in the hall as Kate and

Bobby ran in to find out. Maggie, looking like a cow that has just had her calf taken from her, hovered anxiously nearby.

"Two days in bed will probably see her right," the doctor was saying. "The antibiotics will bring down the temperature and after that it's just a matter of keeping her warm. Get her to take plenty of hot drinks."

"But are you sure she couldn't play tonight?" Maggie asked desperately. "I could collect her in the car during the second interval. She's only on stage for about twenty minutes and I could run her straight home the minute she's finished."

"Out of the question," the doctor told her flatly. "D'you want her to end up with pneumonia? She's to stay in bed. I'll look in on her again some time tomorrow."

Then he was gone, leaving a frantic Maggie looking after him.

"So Marion wasn't being a hyper-what-you-may-call-it after all," Kate remarked.

"She's picked up some virus," Maggie said, as if it were a breach of contract for a member of her company to do such a thing. "And I don't know what we're going to do about the show tonight. There's no way that kid we have walking on could handle it."

"She should nearly know the lines by now," Bobby argued. "She's been on stage with Marion for the last two nights, as well as at the dress rehearsal."

"Are you mad?" his mother asked. "Marion has fifteen speeches and anyway it's not a matter of lines. She has to open Act Three. We need someone with a bit of attack and some idea of comedy timing."

Kate felt a strange thumping in her chest. In spite of her tiredness, she suddenly felt a great surge of energy.

"D'you think would Pat let me do it?" she asked.

9

A Fairy Godmother Appears

aggie looked at Kate doubtfully.

"You have the talent, love," she said. "Pat has said several times that next year we should try to find a play with a role for you. And you probably know Marion's part roughly, after seeing the show so often and going on for Bobby in the same scene in Limerick, but that character's not a child. After all, the two girls have been brought there as witnesses at the trial."

"I don't look that young," Kate said indignantly. "And I can look older with make-up."

"I suppose one of the witnesses could be a small person," Bobby said, teasing.

"I'm only a couple of inches shorter than Marion," Kate snapped, "and I can wear Maggie's high-heels. You know we take the same size."

"But could you walk in them?" Maggie asked.

Kate laughed at that.

"I wore them several times last summer while you were on tour," she said.

"Did you now? I'll talk to you about that later. But I don't know about tonight. We certainly are desperate. I'll have to see what Pat says."

"What can he say?" Bobby asked. "There's no one else. Kate should manage all right. She can be an awful eejit at times, but she won't let you down. Didn't she cover all right for me in Limerick with no longer notice than this? At least this time she won't have to pretend to be a boy!"

Kate gave Bobby a hug.

"I'm sorry now for calling you a know-all!" she said.

"It's a much bigger part," Maggie said to Bobby, still doubtfully. "You only have the one speech."

But in the end Kate, clutching the make-up box Pat had given her in Cork as if it were a good-luck charm, was rushed to Leisureland the minute she had gulped down her tea. She had only eaten the soup, for all of a sudden she felt that anything more substantial would make her sick.

"I'll keep something for you for supper," Mrs Donnelly said, as she wished her good luck. "I know how you feel. I could never eat before a camogie match, but I used to be only ravenous afterwards."

Kate had gone down to the theatre nearly an hour early so she could walk through the third act on stage before the audience started to arrive. Jim Dolan, the stage manager, went through the moves with her while Maggie and Bobby stood in for the 2nd Girl and the 2nd Policeman. Luckily there were not many moves and, since Jim was also playing 1st Policeman, he would be on stage with her all the time.

"Don't worry too much about the moves," he told Kate. "I've to order you around a bit as part of the action so I can easily push you around if you get out of position. D'you know the lines?"

Kate shook her head.

"I've a fair idea of them," she said, "but I'll learn them properly as soon as I'm dressed."

"Good girl," he approved. "And if you dry I can probably manage a prompt on stage because I'm standing next to you most of the time."

Marion's costume was too big for her, but

Maggie pinned up the hem and Bobby found a piece of string to tie around the waist. Then Maggie pulled the bodice down over the string like a blouse. Glancing in the mirror, Kate thought she looked strangely old-fashioned, but that was really how she should look, because the play was set nearly a hundred years ago. Maggie brushed her hair down across her forehead till Kate thought she looked like photos of her Aunt Delia as a young girl, and then there was only the make-up to do. Maggie was going to do it for her but Kate would have none of it.

"I'll do it myself," she said. "Only amateurs are made-up by other people."

"Sh!" Jim cautioned, "the audience are starting to come in now. With only the back of the set between you and them you mustn't talk once the house is in."

Maggie left then to go out front to the girl on the cash desk and Bobby and Jim went to the far side of the curtain that divided the real stage into a ladies' and a gents' dressing-room. On her own at last, Kate decided to work on her lines before starting on her make-up. It had dawned on her that, once the play started, she would hear every word of the dialogue, and it would be very hard indeed to concentrate on line-learning. She had got only as far as "Its Lawrence Scarry done it. The whole world's saying that!" when Chloe came in.

"I hardly recognised you," she whispered. "D'you need any help?"

Kate shook her head and Chloe left her in peace while she changed into her costume as the stableman's wife. There were three long speeches Kate had to learn, because Pat had given the 1st Girl nearly all the 2nd Girl's lines, just as he had done with the 1st and 2nd Policeman, so that the 2nd Girl and 2nd Policeman were only walk-on parts. That way they could be played by local players in each town on the tour, who had only to arrive for the dress rehearsal. This saved the Mastersons a good deal of money, because it cut down the size of the company, but it meant that Kate had a lot to learn in very little time.

She mouthed the words over and over to herself under her breath. They were hard to learn because of the old-fashioned way the girl talked. The third long speech had especially hard words in it, like "drouthy." Kate knew this meant "thirsty," because she had seen the play and understood that the horse had a terrible thirst because of having been doped, but she felt saying it and thinking about it kept making her forget the next bit about giving the horse castor oil. She went over it and over it until the play began and then she gave up in despair.

Opening the little make-up box Pat had given her in hospital in Cork, she started to put on a foundation. The sticks of greasepaint were all new and Kate was glad now that she was using them for the first time for a show and not a dress rehearsal. Ever since she was small, she had watched Chloe making-up for whatever show the Masterson Company were doing at the time, so now she knew exactly what to do.

She took sticks of numbers 5 and 9 and made alternate streaks with them on her face and then blended them together, spreading the mixture down over her neck so that there would be no line where the make-up ended. Then she put blobs of carmine high on both cheekbones and blended them in too. She used the blue liner on her eyelids, outlined her eyes with the dark brown liner and darkened her brows with it as well. Then, taking the stick of carmine again, she made a small dot with it at the inner corner of each eye, before using it to colour her lips. She looked at herself critically in the mirror.

Applause rang out from the auditorium and

Chloe came back to change her make-up for the ghost scene. Kate looked at her questioningly as she sat down beside her at the mirror. Chloe nodded approvingly, so Kate carefully opened the little box of white powder and powdered her make-up to stop it running. Then she took out her script and went over her lines again.

"Shivering, he was, and they couldn't keep a drink with him, he was that drouthy," she muttered under her breath.

"D'you know it?" Chloe whispered.

"I'm not sure," Kate whispered back. She had begun to feel very tired again.

"I'd offer to go over it with you," Chloe breathed, "but it's impossible when we can only barely whisper."

Kate nodded and buried her head in her script again. Then the second act began and she went back to her make-up, using the little mascara brush on her lashes and putting brown on her hands and the lower parts of her arms that would show below the sleeves of her dress. She was nearly finished when Jenny, who played the 2nd Girl, came in. She was surprised to see Kate instead of Marion, but Kate explained in a whisper what had happened while Jenny got changed and made up.

When Chloe came back after the end of the second act, she was smiling.

"Pat wants to see you in his dressing-room," she told Kate.

Kate immediately wondered what she had done wrong. Orders from her father nearly always had that effect on her, but Chloe reassured her.

"He only wants to wish you good luck," she said.

Kate went and tapped softly on the door of the only real dressing-room in the theatre. She heard Pat's voice telling her to come in and saw him sitting at his dressing-room table in his make-up as the Blind Beggar. Without turning, he looked at her critically in the mirror and then nodded.

"This is the only place where you can talk," he said, "so I thought you might like me to hear your lines for you."

Kate couldn't believe her ears. The star of the show was offering to read in the cues for the understudy.

"Oh, Pat," she gasped. "Thanks!"

"Give me the script then," he said, "and get on with it. You open."

"Is this the Magistrate's Court?" Kate began, a little uncertainly. She half-expected Pat to throw up his hands in despair and talk about her lack of attack, but Pat wasn't being the producer or the star now, just her father hearing her lines.

"It is so," he read and then jumped on down the speech to her next cue.

Kate managed to get through the whole act without a dry, but she hesitated over "drouthy". Pat smiled.

"If you want to say 'thirsty' instead you can," he told her. "If there's one person out there who knows the difference I'll eat my hat."

"Thanks, Pat," Kate said again. "'Drouthy' kept throwing me."

"So I noticed," he said drily, but he was smiling.

Then Jim Dolan tapped on the door.

"Act Three, please," he announced.

A cold feeling started to spread through Kate's insides but, at the same time, the tiredness disappeared. This was it. There was a slight hammering in her head but she felt full of a strange energy.

"Good luck, darling!" Pat said.

The last time Pat had called her "darling" was when he had come to see her in hospital the time she had concussion. She couldn't remember when he had done so before. It gave her a lovely warm feeling that eased the cold inside her.

"I'll do my best," she said.

Then she went and stood at the side of the stage beside Jenny, who was already waiting. The house lights went out and Jim, whispering "Good luck!" as he passed, slipped on stage in his policeman's uniform and stood with his back to the audience, looking out of the window. Then the stage lighting came up on the benches outside the courtroom and there was no going back. Kate took a deep breath, counted to three, as Jim had told her, and then ran giggling onto the stage, with Jenny at her heels.

The scene with Jim went well. When he said his line about not having been able to go to the races himself because he had been sent patrolling the Loughrea road, there was a sudden laugh that took Kate by surprise. There had never been a laugh there before, but perhaps there were people in the audience from Loughrea. She had begun to say it was pity he'd missed the race, but she stopped and waited for the laugh to die down before beginning her line again. She was getting through it well enough, she thought, and she had already come to her second long speech.

"But as he came into the field," she began, "he went into a cold sweat and then started to stagger the same as a man that would have drink taken."

Suddenly another laugh swelled up from the audience and her cheeks began to burn. Marion had never got a laugh there. They were a great crowd for the comedy. Luckily it was at the end of her speech, so this time it was Jim that had to wait before he could speak. Then her "drouthy" speech was over and Jim was ordering her to keep quiet and clear the way for the Magistrate. She breathed a sigh of relief. She had no more lines for several pages of script now and no more long speeches at all. All the hard part was over. There was only the questioning by the Magistrate and then she would have five minutes off stage before she and Jenny had to come back on near the end, when they were supposed to have finished giving their evidence.

When she came off stage, Bobby was standing waiting for his entrance and Kate suddenly remembered how she had stood there, wearing his stableboy's costume, sick with nerves, waiting for that same cue in Limerick. It seemed incredible that that was only two weeks ago. So many things had happened since in Limerick, Cork and here in Galway. Bobby grinned at her.

"Laughs and all!" he said. "Pat won't care if Marion does get pneumonia!"

"Poor Marion!" Kate said, and then Bobby had brushed past her and was asking Chris to come and quieten the horses.

After that, things happened very fast. She and Jenny were back on stage, she had said her line about how she would feel sorry for the stableman only for the black deed he had done and then it was her father's big scene with Chloe and Chris. Almost before she knew it, Jim had said his line about walking the world for twenty years and never meeting anything worse than himself and the stage lights blacked out on them in a roar of laughter.

Jim grabbed Kate by the hand and she found herself between him and Bobby at the end of a line of bowing performers. Listening to the applause, she felt a mixture of happiness and total exhaustion. All the tiredness that had overwhelmed her in the car coming back from Carraroe had returned, with the strain of having got through the show on top of it, so that Jim had to pull her off stage during the fourth black-out. In her weariness she had forgotten that, with no front-of-house curtain, they would have to leave the stage in the dark.

Then she was suddenly surrounded by the rest of the cast, all congratulating her. Even Bobby said: "Well done, Sis!" though, after he had gone, Chris told her, "You've really put poor old Bugsy's nose out of joint this time!" as he gave her a congratulatory hug.

Kate looked at him blankly until he went on to say, "But never mind. He'll have to get used to being made jealous in this business. It happens to us all, and his day will come. No one goes on playing young stableboys for ever. They grow too old!"

Then Pat came across to her. He said very little, but what he did say meant more to her than the applause of the audience and all the things the others had said put together.

"I'll be on the look-out for a comedy with a part for you next year," he told her, as he kissed her. "Comedy seems to be what the audiences want these days and you seem to have a talent for it."

By then Maggie had appeared, having run round from the front-of-house.

"You did great, love," she said, "and I have a surprise for you. There's someone in the audience asking for you."

She wouldn't say who it was and Kate racked her brains to think who it might be.

She knew no one in Galway, but after all it was summer. Many of her school-friends would be on holiday and one of them could easily have come with her family to Salthill.

As she came down the steps leading into the auditorium from the door at the side of the stage, she looked around for a girl of her own age. Most of the audience had already left the hall, but there were still a few people chatting or wandering slowly towards the exit. Then, sitting patiently waiting in a seat at the end of the fifth row, she saw Pádraig.

"Did you see the show?" she asked him in surprise.

He gave his slow smile.

"I did," he said. "'Twas very good and you were grand altogether. I wouldn't have known you, you looked so old-fashioned."

"I'm glad," Kate said. "I didn't think I'd see you again. Did you come all the way in on the bus?"

Pádraig shook his head.

"I came with Mr Hallissey," he grinned. "He had to meet a man in town and he dropped me over here on his way. He'll be leaving me home too. I came to thank you and Bobby for what you did."

"It's all right then, is it?" Kate asked. "He's

not throwing you out?"

"He is not. And he's getting us a new boat for fishing, the way we won't be dependent on the lobsters."

"You mean, a big boat, like you had before, with an engine and all?"

Pádraig just nodded, grinning.

"And you haven't to pay for it?" Kate was astonished. It didn't seem possible that Mr Hallissey could suddenly have turned into a fairy godmother.

" 'Twill be his boat," Pádraig explained, "only we'll be working it for him."

"But I thought your father was black out with him," Kate gasped. Such a sudden reversal of fortune still seemed like a fairy story. "Didn't you tell me there were no fish to catch any more because of the fish-farm?"

"He talked to my father about that," Pádraig told her. "He won't be using the Nuvan much longer. He's talking this minute to a man about a vaccine they're just after inventing at the university in Cork. 'Twill control the sea-lice without having to put chemicals in the water at all. 'Tis similar, Mr Hallissey was saying, to something they have in Africa to protect the animals against ticks. D'you think will they be giving the salmon injections, the very same as they do above in the Regional Hospital?"

"I don't know," Kate said. She was still bewildered. "I was afraid you'd be angry with us for talking to Mr Hallissey. You were so black out with me for suggesting it."

"'Twasn't you put the finger on Séamus Dubh," Pádraig assured her.

"When Mr Hallissey called over to the barracks, weren't they already holding him. His prints turned out to be the dead spit of the ones they took below at the fish-farm and they scared him into admitting 'twas he did the job on the old engine of the farm boat."

"Then you've nothing to thank us for at all," Kate cried, "for we did nothing. Mr Hallissey would have found out he blamed your father in the wrong without us ever talking to him."

"He would not," Pádraig replied. "He would have thought they were maybe in it together. 'Twas you and Bobby talking to him made him see he wasn't being fair to us."

"Won't Séamus Dubh be mad at you when the guards let him go?" Kate asked, thinking that a revengeful Séamus Dubh wouldn't be a pleasant neighbour.

"He will not, for Mr Hallissey never told the gardaí where the poitín is hid. 'Let them look for it themselves,' he told my father. 'Isn't that what they're paid for?' I need only tell Séamus Dubh that I knew of his hiding-place to prove I'm no informer. And I never told the time I came across the worm hid over by the Salt House. That's what I was meaning to tell him today if he hadn't been doing business."

"So everything's going to be OK?" Kate asked again.

" 'Tis, thanks be to God," Pádraig said, "and maybe you'll come to see us again when we have the new boat. I could take you right out around the bay then."

"That would be brill," Kate said. "Maybe we'll be down again for the Galway Festival next year and we could come over then if we can get a lift."

"Don't be worrying your head about that," Pádraig told her. "We'll find someone that can lift you."

"And maybe by then Pat will have found a play with a part for me in it," Kate said, "and you could come and see me when my name would be in the programme and I'd be properly rehearsed in the part, instead of only under-studying like tonight."

"I'd come for definite," Pádraig said, "only you couldn't do it any better than you did tonight."

Blushing with pleasure, Kate thought that to have both Pat and Pádraig's approval on the one night must be about as good as things could possibly get.

Alejandro Palomas

Agua cerrada

Nuevos Tiempos **Ediciones Siruela**

En cubierta: Plaza de San Marcos (1977),
detalle de una foto de © Ernst Hass / Getty Images
Diseño gráfico: Gloria Gauger
© Alejandro Palomas, 2012
© Ediciones Siruela, S. A., 2012
c/ Almagro 25, ppal. dcha.
28010 Madrid. Tel.: + 34 91 355 57 20
Fax: + 34 91 355 22 01
siruela@siruela.com www.siruela.com
ISBN: 978-84-9841-678-7
Depósito legal: M-4.604-2012
Impreso en Closas-Orcoyen
Printed and made in Spain

Papel 100% procedente de bosques bien gestionados

Índice

Agua cerrada

Agua cerrada

A Raquel, por todo

A gajos me concibo.
Estoy hecha de huecos.
Soy tan almacén como la vida.

El círculo de Newton,
Inmaculada Luna

I. Leyendas

Cuenta la leyenda que hace muchos años una joven cayó con las primeras luces del amanecer a las aguas de la laguna veneciana desde la ventana de un palacio. Era otoño. Nadie reparó en su caída hasta bien entrada la mañana, cuando en un canal cercano alguien encontró uno de sus zapatos rojos y una media azul flotando sobre la basura que tapizaba el agua.

La ciudad buscó a la joven, pero fue en vano, y el padre de la muchacha enloqueció de pena con el paso de los meses. La madre se hundió en el sopor del vino y una tarde de lluvia se desnucó al tropezar con la acera frente a la puerta de palacio.

Cuarenta y nueve años después, alguien dijo haber visto a una joven disfrazada de doncella antigua emergiendo de las aguas junto al *ponte dei Mendicanti*.

De eso hace también mucho tiempo.

Corrió la voz de la aparición de la muchacha. Los más viejos de la ciudad se acordaron de la doncella ahogada y no tardaron en confirmar sus sospechas. No recordaban su nombre, pero sí su zapato y su media. Cuando la tuvieron ante sus ojos, con los cabellos cubiertos de algas y la piel verde como el limo de la laguna, no les cupo duda. La ciudad la declaró patrimonio veneciano. La lavaron, la peinaron, la vistieron y devolvieron a la huérfana al palacio familiar.

Algunos, ante aquel rostro de absoluto verdor calmado, la llamaron Milagro.

Llegaron las preguntas, cientos, miles. Llegaron, sí, pero la joven no hablaba.

–¿Dónde has estado? –preguntaban unos.

–¿Has vivido bajo el agua? –preguntaban otros.

–¿Qué has visto ahí abajo?

–¿Qué hay?

–¿Nos hundimos?

–¿Navegamos?

Preguntas. Las preguntas siguieron lloviendo sobre la joven verdeazulada durante meses, muriendo en el silencio de sus ojos hasta que la vida y la rutina se abrieron paso sobre la ciudad, aparcando a la muchacha en el semiolvido de su palacio.

Un día llegó a Venecia un hombre curioso. Recorría el mundo construyendo cosas que después abandonaba para no viajar cargado. Oyó hablar de la joven y de sus años de vida en agua, y la curiosidad le llevó hasta la puerta de palacio. Esperó a ser recibido por la muda Milagro. En cuanto la tuvo delante y hundió la mirada en los ojos ausentes de la muchacha, se le paró el corazón. Quiso preguntar.

Estas fueron sus palabras:

–¿Qué oíste ahí abajo?

Ella levantó la cabeza y escuchó, atenta como un ciervo ante la amenaza. Luego volvió los ojos hacia él y, con una voz como el inventor no había oído jamás, respondió:

–Música.

Música. Eso dijo.

Y más cosas.

–No pude volver. Bajo la ciudad, el agua toca una melodía tan triste que la vida huye de ella para no detenerse a escuchar y dejar que la muerte lo inunde todo. Tuve que aprender a tocarla para poder regresar.

El hombre quiso saber más, atrapar esa música y darle vida. Preguntó una y otra vez, probó suerte. No la encontró. Decidió entonces quedarse con Milagro e insistir hasta ver saciada su curiosidad de maestro inventor.

Pasaron las semanas. También los meses.

Todos los días, el hombre despertaba a Milagro con una palabra, esperando la reacción de la muchacha.

–Recuerda –le dijo la primera mañana. Milagro ni siquiera pestañeó.

–Escucha –le pidió la segunda. Sin éxito.

–Habla –no hubo respuesta.

Y así pasó el tiempo: Milagro encerrada en su silencio y el joven Isaac esperando, dedicando las horas muertas a construir un pequeño artilugio con los restos de una mesa que empezó siendo una pequeña guitarra de cuatro cuerdas labrada entre la espera y la paciencia y a la que, una vez terminada, no fue capaz de arrancarle una sola nota.

Misterio.

Una guitarra que no sonaba.

Isaac no era amigo de los misterios. Sabía que los instrumentos encerraban música. Sólo había que aprender a oírla.

Un día de lluvia, como todas las mañanas, Isaac despertó a Milagro con una palabra. Esta vez, sin embargo, no supo pedirle nada. Se dio cuenta de que había agotado todos los verbos de la lengua que compartía con ella. Se quedó junto a la muchacha dormida durante unos minutos, rumiando la palabra del día, hasta que por fin Milagro abrió los ojos y los volvió hacia él. Fue tanta la calma, tanta la suavidad marina que Isaac vio en esos ojos, que no pudo evitar un parpadeo antes de dejar escapar un nombre, uno solo, con el que acercar su voz a la mujer que le envolvía entre tanto azul.

–Serena –dijo. Nada más. Sólo Serena.

Ella ladeó la cabeza e hizo algo que no había hecho hasta entonces: se iluminó en una sonrisa lineal que unió las diminutas ciudades de sus orejas como un puente de hilo de oro, dividiéndola en cielo y mar. Convirtiéndola en horizonte.

Sonreía. Serena sonreía e Isaac entendió. Corrió escaleras abajo, registró los sótanos de la casa y regresó junto al lecho de la muchacha con un trozo de hilo que colocó sobre su sonrisa. Arrancó entonces un listón de madera de una de las ventanas de la alcoba y ató el hilo a cada uno de los extremos del listón. Entonces mostró a Serena la pequeña guitarra que había construido durante su estancia en palacio y ella se la apoyó contra el cuello, cogió con mano firme el arco de hilo terso moldeado sobre su sonrisa y dibujó las primeras notas de una melodía que a Isaac le habló de cosas que hasta entonces ni siquiera se había atrevido a imaginar. Le habló de la no música, de la no palabra, del miedo y también del amor.

Serena rasgaba las cuerdas del pequeño instrumento con una suavidad tan tensa, tan contenida, que Isaac entendió la violencia de la añoranza que la embargaba.

–Lo llamaré Violín –susurró, sin dejar de mirarla.

Pasaron los días y Serena seguía tocando junto a la

ventana. Sus ojos de limo iban perdiéndose de nuevo en la melodía cautivadora que el arco rasgaba a las cuatro cuerdas del violín, llevándosela lejos, muy lejos. Isaac se asustó. Leyó en esos ojos que el viaje que Serena había emprendido a lomos de su música era un viaje sin retorno, que Serena buscaba con su música el fondo de la laguna. El abrigo del agua. Bajó con ella al sótano de palacio, la sentó sobre un taburete y se puso manos a la obra. Clavó la mirada en la sonrisa de la joven, esa curva de horizonte perfecto enmarcada por dos finas orejas de niña, y, mientras ella seguía perdida en su melodía de agua, él construyó en el curso de siete días la viva réplica de esa sonrisa curva y bendita en la más ligera madera. En cuanto vio concluida su obra, acercó a Serena a la embarcación y susurró:

–La llamaré Góndola.

Pero Serena se iba. Volvía con su música al limo y al fango. Se marchaba. La perdía.

Isaac no lo dudó. Cogió a Serena y arrastró la góndola hasta el agua sucia del canal. Subió a bordo y, volviéndose hacia ella, le tendió la mano, invitándola.

–Ven –dijo. Serena parpadeó. Durante un instante vaciló, quieta como una sombra, con los ojos fijos en esa mano de carne y hueso que parecía querer arrastrarla lejos de aquel mundo de silencios que nacía para ella en las profundidades de la laguna.

–Ven –la apremió de nuevo Isaac. Serena se replegó como un abanico y, sin dejar de tocar, arrugó la sonrisa para preguntar:

–¿Dolerá?

Isaac no supo responder. Siguió tendiéndole la mano, bamboleándose sobre el agua sucia del canal, viéndola dudar.

21

–Ven –insistió.

Por fin, Serena se rindió. Subió a la góndola con paso vacilante y se sentó junto a la borda, clavando la mirada en el fondo, sin dejar de tocar.

A medida que se alejaban de la ciudad, el aire empezó a espesarse y la melodía del violín de Serena fue apagándose como una vela mojada. Cuando por fin reinó el silencio sobre la laguna y los últimos vestigios de Venecia se adivinaban a lo lejos, Serena se volvió hacia Isaac y con un hilo de voz preguntó:

–¿Volveremos?

Isaac le acarició la mano con la punta de los dedos y susurró:

–Dolerá.

Serena sonrió de nuevo. Se encajó el violín al cuello y recorrió por última vez la niebla con los ojos.

–Lo sé.

Entonces volvió la música. El arco rasgó las cuerdas y la ciudad se cerró sobre el limo y los años a esperar el regreso del inventor y de su mujer violín.

Hasta ahora.

Hasta aquí.

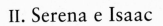

II. Serena e Isaac

–Ven.

Isaac me mira desde el sofá. Cuando habla, mueve poco las manos. Tiene unos ojos claros y pequeños, y una voz hecha para no mentir. Voz de mar.

Sólo dice eso. No «Ven aquí», no «Ven, que tenemos que hablar», no «Ven, que te cuente, que te diga, que te riña, que te joda, que te aburra».

Ven.

Hasta que le conocí, yo entendía las palabras como pequeñas señales de alarma: minas en el camino, peligro, cuidado. Hasta que apareció él, la Serena que ya no soy se estructuraba sobre una doble coordenada desde la que malnacía todo lo demás. Doble, sí. Dos.

Coordenadas: en vertical, la infancia que tuve. En horizontal, la que no pude tener.

Antes de Isaac, a la niña que era yo le daba asco el hígado y le gustaban los mapas. En vertical, descubrí que mi padre olía a tabaco y mi madre a mal humor. Vivíamos en un segundo piso y teníamos una pescadería. Ellos soñaban con tener una hija abogada. Yo, con hacerme mayor y viajar sola. Lejos. Al otro lado.

En horizontal a mi cuerpo estaba el violín. Empecé

a tocarlo a los cinco años. Desde entonces todo ha sido un antes y un después de la música, del movimiento, del no querer estar con los pies en el suelo. El violín ensordecía los silencios que correteaban por casa, silencios feos los de papá, peores los de mamá. Los llenaba de música.

Papá se levantaba de martes a sábado a las tres de la mañana. Después de un café frío y de un par de cigarrillos se iba a comprar el pescado a la lonja mientras mi madre le esperaba en la tienda con su delantal acartonado, los guantes y los labios apretados. No sé si se miraban. En casa raras veces. Un día, ya de mayor, quise saber cómo eran esas mañanas en la pescadería, cómo era ese mundo del que yo sólo participaba de oídas. Se lo pregunté a mamá. Estábamos en el hospital. A ella acababan de extirparle un pecho. Dolía, aunque no se quejaba. Era una buena enferma.

Me miró como quien ve una mancha fea en una sábana e hizo rechinar los dientes. Luego se llevó la mano al pendiente que no tenía y ladró:

–Una pesadilla.

Quise saber más. Ella cerró los ojos y, como siempre que tocábamos algún tema que la incomodaba, farfulló:

–Luego.

Primero murió papá. Ella le siguió un año después. Desnucada en el bordillo de la acera delante de casa un día de abril. Acababa de lloviznar y el asfalto era como un espejo sucio. El día después de enterrarla, me levanté de madrugada, fui a comprar a la lonja y volví con la camioneta de papá llena de cajas de pescado y marisco fresco: lubinas, palangres, mejillones, almejas, un par de rapes, salmón y un buen lomo de atún. Lo coloqué todo en el mostrador como lo hacía mamá, con esa pulcritud lobuna que ponía en la tienda y en la limpieza de casa los domingos. Me quedé detrás del mostrador toda la mañana, comiéndome las uñas, esperando en silencio a que pasara algo. En vano. A las tres recogí, limpié, me llevé todo el pescado en las mismas cajas y lo tiré al contenedor que teníamos junto a la portería. Luego me fui a casa de mi novio y le pedí que me pidiera que me casara con él.

En la noche de bodas ocurrieron varias cosas, antes y después. Durante, sólo una: cuando Ricardo quiso penetrarme, se le rompió el frenillo y me inundó de sangre. Yo fui la primera que vio el charco denso y granate que iba formándose sobre la sábana como la mancha de tinta de un calamar herido. Pensé que era mía y decidí callar. Por fin, él levantó la cabeza y me miró. No sé lo que vio. Desde recepción llamaron a una ambulancia y pasamos el resto de la noche en el hospital. Él, en el quirófano. Yo, llorando en la habitación, esperándole. A veces deseando que no despertara de la anestesia. Otras, rezando en silencio para que se recuperara y no volver a quedarme huérfana.

Ricardo y yo estuvimos juntos diez años. Me aburrí tanto con él que con el tiempo me cambió el color de los ojos. Donde antes había un gris azulado, empezó a asomar un amarillo brillante y profundo. Donde antes había ganas de imaginar, llegó la prisa por no llegar. Ricardo era arquitecto y diestro, excepto para comer y para el sexo. Había terminado la facultad pocas semanas antes de la boda, pero tardó ocho años en entregar el proyecto de fin de carrera, una comisaría de policía a la que olvidó adjuntarle el aparcamiento pero que el tribunal dio por buena porque sus miembros debían de estar hartos de tener que aguantar proyectos obtusos como aquél. Además, un aparcamiento más o menos tampoco era importante. Lo que realmente importaba eran los planos, el edificio, el diseño y la coherencia. Y en coherencia y en planos Ricardo era un as. También era eyaculador precoz. Lo fue desde un principio, aunque yo no lo supe hasta al cabo de un tiempo porque la herida de la primera noche tardó un par de meses en cicatrizar. En la cama él era un repetido «lo siento» al que yo respondía con un mecánico «no te preocupes» y caricias varias hasta que él se animaba otra vez y volvía a la carga, torpe y culpable, con ganas de arrancarme algún suspiro de algo.

Decidí viajar. Echar mano de los mapas.

Ricardo trabajaba de noche. Se encerraba en su estudio a diseñar edificios que a menudo no terminaba. Como en la cama, su capacidad creativa era un arranque de pasión que duraba apenas unos minutos y que desaparecía tras el primer estallido de genialidad. Mientras él intentaba imaginar en el estudio, yo me quedaba dormida en la cama leyendo libros de viajes y trazando rutas en el atlas que me regalaba a mí misma cada Navidad.

Sí, la amiga secreta.

Luego soñaba.

Una noche desperté de madrugada con el pecho encogido. A mi lado, Ricardo dormía boca arriba. Sin roncar, sin respirar apenas. Tan poco vivido... Me quedé como estaba, a oscuras, consciente de pronto de que el hombre que dormía a mi lado era la viva estampa de mi padre: su mismo no respirar, su mismo no querer estar. Tuve miedo. Miedo a ser como mi madre, a completar una ecuación maldita de no perdones, de no gracias.

No se lo dije. Encendí la luz, me senté en la cama y abrí a ciegas el atlas, jugando, como tantas otras noches, a imaginar.

Me encontró así por la mañana: pasando las páginas del atlas con los ojos cerrados. No era la primera vez. Se acurrucó contra mí y quiso calor. No me moví.

–No conozco a nadie a quien le gusten los atlas tanto como a ti –murmuró desde el rincón de espacio envasado al vacío que ocupaba a mi lado. Me imaginé adentrándome en canoa por el murmullo blando de su voz, sumergiéndome en ese mundo de agua lleno de peces muertos como los que dormían sobre el mostrador de la pescadería, entre los guantes de mamá.

–Me gustan los mapas –respondí al aire. Delante de mí, en el edificio de enfrente, alguien bailaba en un salón: una silueta semiborrosa dando unos pasos ligeros al son de una música que yo no oía.

–¿Por qué? –quiso saber.

Sonreí. Pregunta mil veces repetida.

–Porque no los entiendo.

Una carcajada ahogada. De él.

–¿Entonces?

Entonces qué.

–Me gustan los nombres de los volcanes y los de los desiertos –respondí–. Pero sobre todo me gusta imaginar las distancias. Imaginar qué hay donde no hay nada.

Pasamos unos minutos en silencio. Era primavera. De vez en cuando, por la ventana abierta llegaba el olor apagado del cloro de una piscina. Cerré los ojos e intenté imaginar dónde cabía una mancha de agua entre tanto cemento. Amanecía más temprano y los días eran más largos.

–Me gustaría ir a Venecia –eso fue todo lo que se me ocurrió decir: Venecia.

Ricardo pegó sus labios a mi espalda.

–¿Por qué?

Noté su aliento caliente contra la piel y me supe tan fría que tuve miedo.

–Porque quizá aprendería a disfrutar flotando.

No pasó nada durante unos minutos. Seguí imaginando hasta que él se levantó y se perdió tras la puerta del baño que, como siempre, no llegó a cerrar del todo.

–Dicen que Venecia es un laberinto –apuntó su voz desde lo más perezoso de la mañana. Algo en las corrientes de esa voz me recorrió la columna como una marea fea.

Me concentré en una segunda figura que se había unido a la primera en el salón del edificio de enfrente. Sonreí al verlas, aunque no pude evitar una carcajada seca al darme cuenta de que la recién llegada no era tal.

Era una fregona.

Me fui a Venecia, sí. Fuimos. Logré convencer a Ricardo de que nos haría bien romper con ahora no recuerdo qué. Seis, siete días. Nos instalamos en un camping a las afueras de la ciudad. Llovió sin parar desde que llegamos, una lluvia extraña, opaca, sin fin. Hablamos poco esos días. Paseábamos entre las callejuelas, los canales y nuestros silencios como dos ratones en un laberinto de cristal. Cada uno en el suyo.

El regreso a Barcelona fue como todos los regresos a aquello de lo que se huye. Tardé dos años en volver a abrir un atlas. Dejé que la vida me recuperara para ella entre los conciertos, la rutina y la estela difusa de la no ilusión. Tardé en buscar de nuevo.

Hasta una noche después del ensayo. Ricardo estaba en un congreso y yo había dado un paseo al salir del auditorio. Necesitaba aire y no tenía dónde ir ni prisa por averiguarlo. Pasé por una librería de viejo y, en cuanto lo vi, no pude resistirme. Tenía las cubiertas dobladas y la portada desteñida. Estaba usado, mil veces abierto. Lo olí. Luego volví al auditorio, me metí en una de las cafeterías del barrio y me senté a cenar a la barra. Tuve tanto miedo de abrir el atlas que le puse el plato de tortilla encima e intenté comer mientras sudaba tanto que se me resbalaba el tenedor de los dedos. Cuando por fin me decidí, era tarde. Alguien esperaba a mi lado. Quería sentarse. Era un hombre. No le quise allí, sentado junto a mí. No quería testigos, pero él estaba solo y buscaba conversación.

Carraspeó.

No le miré.

Se acercó y me tocó la espalda.

Me volví.

Y así empezó todo.

Así empezó Isaac.

–Duele.

Esa es una respuesta típica de Serena. Esa y «¿habrá más?». Entre la una y la otra no hay término medio: es «duele» o «¿habrá más?». Como cuando termina un concierto y alguien le pregunta que qué tal. A veces duele; otras, todo sabe a poco. Serena es así desde que la conozco. No sé si antes también lo era, porque no conozco mucho de la Serena anterior a la noche en que se cruzó en mi vida con sus silencios y su ceño roto. Estaba sentada en la barra de un bar. Vista desde atrás, en el espacio que la rodeaba no había hueco para nada que no fueran ella y el violín que tenía aparcado en el taburete de al lado. Le pregunté si podía apartar el violín y hacerme sitio. Ella se volvió a mirarme y arqueó una ceja.

–¿Por qué? –dijo.

No supe qué contestar.

–No me gusta comer con gente al lado –replicó, concentrándose de nuevo en el plato.

No me moví. Ella siguió comiendo hasta que, con una mueca de fastidio, cogió el violín y se lo encajó entre las piernas.

–¿Violinista? –fue lo único que se me ocurrió decir.

Me saludaron sus hombros encogidos contra el espejo sucio que coronaba la barra del bar. Volvió al plato. Instantes más tarde la oí decir:

–¿Qué haces cenando en un bar un lunes a estas horas?

No pude evitar una sonrisa. Ella no me miraba. Pasaron los segundos. Pareció entonces darse cuenta de lo extraño de su pregunta y la remendó con una respuesta que sonó a excusa:

–Yo acabo de mudarme al barrio.

Cenamos en silencio, cada uno a lo suyo. Cuando terminó, pagó, cogió el violín y un atlas viejo de puntas dobladas que parecía esconder debajo del plato y desapareció. Le hablé de ella a mamá cuando fui a comer a su casa al día siguiente, pero mamá no estaba. Vivía y bebía, a veces a escondidas, a veces a gritos. En esa época era peor.

Volví a ver a Serena una semana más tarde. A la misma hora, en el mismo taburete y acompañada del mismo violín. Me quedé de pie a su lado y ella me miró con ojos de poca paciencia. Luego apartó el violín y dio una palmada en el taburete.

Esa noche hablamos. Me di cuenta de que tenía los ojos amarillentos y de que me gustaba su voz. Cuando terminamos de cenar, le propuse dar un paseo. Me miró con una sonrisa extraña.

–¿Para qué? –dijo de pronto.

Esa es otra de las expresiones de Serena. Para qué. No «por qué». No «desde cuándo», ni «hacia dónde», ni «hasta cuándo». Para qué.

Me costó responder. No se me da bien mentir.

–¿Para conocernos mejor?

No pestañeó.

–¿Para qué?

No pude aguantarle la mirada. Echamos a andar. No hacía frío ni calor. Paseamos en silencio un buen rato hasta que, al llegar a una esquina, se detuvo, soltó un suspiro y me pasó el violín.

–¿Me lo llevas un rato?

Lo cogí. Antes de reemprender el paseo, la oí murmurar:

–Como se te caiga, te mato.

Me paré en seco. Ella siguió caminando con la mirada en la acera. Se detuvo unos pasos más allá. Luego levantó la cabeza y se volvió.

–¿Siempre eres así? –dolido. Dolido yo por su amenaza. Por la desconfianza. También por su voz.

Arqueó una ceja.

–¿Así, cómo?

Así, cómo. Se me ocurrieron de pronto tantos cómos con los que retratarla que podría haber cubierto con ellos las fachadas de toda la avenida: así de brusca, de afilada, de tensa, de frágil... pero antes de poder articularlos ella me miró a los ojos y me lanzó su respuesta adelantándose a la mía, cruzándome la cara con su guante. Retadora.

–Sí, siempre.

Quise preguntarle por qué. Quizá eran las ganas de seguir oyéndola. Recogí el guante y lo sostuve en el aire.

–No me gusta la gente –susurró, perdiendo la mirada en los dibujos de la acera.

«Yo no soy la gente», estuve a punto de decirle. O quizá lo dije, no lo recuerdo ya. Recuerdo, sí, su respuesta. Triste. Fue una respuesta triste.

–Eso decía yo antes –nos miramos. Torció la boca en

una sonrisa de niña rebotada contra sí misma. Elaboró–. De ahora –dijo–. Antes de ahora.

Seguimos caminando. Salimos a la Gran Vía. Una brisa callada arremolinaba los minutos de la noche a nuestro alrededor. Me gustó el olor.

–¿Cómo eras?

Se apoyó en el semáforo y me devolvió un ceño arrugado como un bosque quemado. Tuve que gritar para hacerme oír sobre el rugido de los autobuses.

–Antes de ahora. ¿Cómo eras?

Soltó una carcajada seca y me miró. Fueron tantas las cosas que vi en esos ojos que por un instante lamenté la pregunta. Por primera vez la sorprendí a destiempo, encogida sobre sus zapatillas de deporte. Se me cerró un poco la garganta.

–Antes de ahora tenía una vida y mi violín –dijo, poniéndome la mano en el brazo–. Ahora sólo me queda el violín.

Y ahí empezó todo.

Empezó Serena.

Han pasado los años. Hoy, esa primera noche juntos con su violín bajo el brazo queda atrás, en lo que fue el principio. La espalda de Serena me mira desde la puerta de la cocina y al verla así, enmarcada en oscuro, sé que hoy también duele algo. Y si la veo doler, el rompecabezas del presente pierde fichas y revivo cosas que sufrí con ella y que poco a poco he aprendido a conocer, a descifrar.

«Duele», dice su espalda desde donde está. La primera vez que lo dijo me costó creerla. Creí que bromeaba, que no podía ser.

En mi casa. Habíamos estado paseando. Era verano y casi de noche. Yo había salido a la terraza. Sobre nosotros el cielo ardía en un arco iris apagado de calor. Serena estaba en el baño. La oí salir, cerrar la puerta y oí también sus pasos cada vez más cercanos. Esperé unos segundos antes de volverme a mirarla. Estaba apoyada en el quicio del ventanal. El crepúsculo le anaranjaba los ojos. Me sonrió desde los metros que nos separaban. Sonreí yo también y le tendí la mano. Ella alargó la suya, todavía sin moverse.

–Ven –la invité con un susurro.

Se encogió. Se le encogió la sonrisa, la mano y también la mirada, y siguió donde estaba, mirándome sin verme. Leía en el aire cosas que sólo ella veía y que yo no entendí. Creí que me había oído mal. Que me había oído poco, o al revés.

–Anda, ven –repetí alzando un poco más la voz.

Dio un paso atrás, tensa como un cable. Estaba gris. La vi tragar saliva, casi la oí. Me asusté.

–¿Pasa algo?

Alguien gritó en la calle y yo me hice eco de ese grito porque lo leí en los ojos de Serena. Un grito feo, lleno de herrumbre. Serena se llevó la mano al pecho y empezó a rascarse suavemente el hombro, como intentando encontrar en ese gesto algo que decir, algo que explicara su respiración difícil, sus dientes apretados. Cuando di un paso hacia ella, levantó la mano y me enseñó la palma.

–No –fue su respuesta.

No. Durante unos segundos no supe qué decir. Tenía su palma en el horizonte, a la altura de los ojos, esa palma pequeña y brillante en la que parecía invitarme a leer algo. Quise volver a preguntar, pero su voz cortó la escasa distancia que nos separaba.

–No –repitió–. Ven, no.

Nos miramos. Ella empezó a negar con la cabeza. Primero con un movimiento suave, casi imperceptible, y sacudiéndose después entera mientras seguía repitiendo muy despacio y en voz cada vez más baja, casi inaudible:

–Ven, no. Ven, no. Ven, no. Ven, no.

Y desde ese «Ven, no» repetido empezaron a brotar unas lágrimas delgadas como las cuerdas de un violín, lágrimas y pequeños gemidos de niña rota que yo recibí mal, desencajándome. Busqué el apoyo de la barandilla a mi espalda, pero no la encontré. Palpé a tientas, intentando asirme a la barra que me separaba del vacío de la calle, incapaz de apartar la mirada de la niña frágil en que se había transformado Serena. Viéndola llorar contra el calor de la tarde.

Aprendí entonces a esquivar esa palabra, a pesar de que, conforme fuimos conociéndonos, si alguna vez me despistaba y tropezaba con uno de esos «ven» a destiempo, ella lograba encontrar una fórmula menos dañina –o más acorazada– para devolverme mi torpeza. Las lágrimas de esa primera vez dieron paso a un «duele» que, a pesar de su crudeza aparente, pareció establecer entre ambos un puente de sensibilidad común. Los dos nos alegramos del hallazgo, aunque a oídos de terceros resultara una sentencia chocante y no siempre comprendida.

–Duele –decía y dice Serena cuando se me escapaba, y se me escapa todavía, uno de esos «ven». A veces hasta nos reímos. Otras me mira como si no me viera, como si se hubiera vuelto a activar un resorte de dolor en su memoria que le quemara una herida mal cerrada.

Hoy ha sido una de esas veces, aunque no ha habido ningún «Ven». «Duele», han dicho esos hombros que conozco bien. A Serena le pasa algo. Hace días que navega escorada, asida a su violín y a ese silencio que a veces no sé cómo leer. Fue conjurar Venecia y ver tropezar a Serena contra un charco gris que sólo contemplan sus ojos.

–Mi madre me ha invitado el próximo fin de semana a Venecia con ella –le dije hace un par de días. Estaba contento y creí que mi alegría sería bien recibida. Ella me miró desde el sofá y sonrió con los labios. Con los ojos no.

–Qué bien –fue su respuesta. No era ella. Serena nunca respondía así. Luego bajó los ojos y preguntó–: ¿El próximo fin de semana quiere decir el viernes?

Sonreí. Esa sí era una pregunta típica de ella.

–Sí, el viernes.

No dijo nada más. Siguió como estaba en el sofá con la mirada clavada en el suelo. Luego se levantó, pasó por mi lado y me dio un beso en el cuello. No fue un beso distraído ni un beso de paso. Fue un beso lleno de Serena, lleno de dudas.

Desde entonces hay una pequeña muesca de distancia entre los dos, algo que no debería estar ahí. A partir de esa tarde, Serena pasa las horas sentada en la terraza, tocando el violín. «Te pasa algo», quiero decirle cuando la veo apretando la barbilla contra la madera, rasgando las cuerdas como si sacara del violín las voces y los tonos que le habitan la cabeza. «Ven», quiero decirle. «Te quiero.» A veces levanta la cabeza y la veo mirándome llena de palabras desordenadas, de mensajes que no entiendo. La veo ahora ahí de pie y daría lo que fuera por poder entrar en ella durante un segundo y rasparla por dentro para conocerla del todo. Si me mira quizá le pregunte lo que no debo. Porque con Serena cualquier pregunta es un paso a tientas.

—¿Qué te pasa?

Isaac me mira desde el sofá. Su pregunta cuelga sobre el salón como un andamio mal sujeto. «¿Qué te pasa?» Esa es la pregunta. Como hoy, hay veces que cuando le miro le quiero tanto que me duelen las manos por no tenerle al alcance. Si Isaac pudiera imaginar la oscuridad de los ángulos de este tremebundo rompecabezas que es lo que siento por él, me dejaría.

Por loca.

Entre su pregunta y lo que le quiero, llegó hace unos días la noticia: Isaac se va de viaje a Venecia. Con su madre. Sin mí.

No me gusta. A Venecia no.

–Cuéntame –insiste en un arranque de valor. Hay sonrisa en su voz. Siempre la hay. Desde la noche en que nos conocimos.

–No te va a gustar –la puerta de la cocina se me clava en la espalda. No me gusta hablar así. Con Isaac no. ¿Por qué no habré aprendido a hablar de otra forma? ¿Por qué sólo sé decir con el violín?

Me vuelvo de espaldas. Vista desde tan cerca, la puerta de la cocina tiene estrías en el barniz de la madera. Vistos de cerca, tengo en efecto dedos de violinista.

–Me gustaría ir con vosotros –digo. Silencio. Más madera y más estrías–. A Venecia. Contigo y con tu madre.

–Ya lo sé.

Yo sé que él sabe, y también que no debería estar hablando así. Yo no soy así. Yo no quiero estar donde no me quieren. Ni tampoco pedir.

–Creía que habías dicho que la primera vez que fueras a Venecia iríamos juntos. –tengo rabia. Rabia contra Elsa por llevarse a Isaac tres días con ella a Venecia. Y rabia contra Isaac por haber dicho que sí. Por dejarme aquí, varada contra un fin de semana sin él. No es el momento, al menos no el mío–. Seguro que en Venecia te pasan cosas. Siempre pasan cosas en Venecia –silencio. Isaac no dice nada–. Y me gusta estar contigo cuando te pasan las cosas.

Le oigo levantarse del sofá y siento sus pasos en la tarima del salón. Luego llegan sus brazos, físicos y desprovistos de aire. Entonces apoya el mentón en mi hombro y su oreja me acaricia la piel.

–A mí cuando pasan y cuando no pasan –dice su voz contra mi cuello. No he conocido una voz así.

–¿Por qué?

Sonríe.

–Porque casi todo lo que me pasa eres tú.

Noto sus manos en el abdomen y me recorre un escalofrío que me nace justo ahí y que irradia su calor hacia el ombligo y los omoplatos como un abanico de calambres. Noto cosas. Todas son Isaac. Hace tiempo que todas son él.

–No sé si eso me gusta.

–Y a mí no me gusta dejarte aquí.

El calor cesa de pronto y llega un frío lobuno que me sacude por dentro. No me gusta dejarte aquí, dice

Isaac. Si yo no fuera Serena, preguntaría, pero como soy la que soy, decido callar. Enfurruñada. Silenciosamente rabiosa.

«Las cosas que no nos decimos son tan peligrosas como las que no callamos.» Eso me dijo Isaac una vez. Yo estaba enfadada, mucho. He vivido tantos años enfadada en mi pecera, sola, alimentada cada ciertas horas por el oxígeno de mi padre y la comida deshidratada de mi madre que, todavía ahora, un pequeño golpe en el cristal me desbarata la vida.

La vida en la pecera. Papá y mamá fuera. Serena dentro, con su violín y su silencio.

Hace tiempo Isaac quiso llevarme al cine y yo me dejé, a pesar de que nunca me ha gustado el cine. No me siento cómoda sentada delante de una pantalla llena de gente, paisajes y música. La sensación de estar viendo el mundo desde mi pecera se magnifica tanto que siento vértigo. Y miedo. En las películas hay música cuando nadie habla. En mi vida no se habla porque prefiero la música. No me gustan los espejos.

Una tarde Isaac quiso llevarme al cine, sí. Hacía unas semanas que nos veíamos, a veces de día y a veces de noche. Hablábamos mucho pero apenas contábamos nada. Yo sabía muy poco de su vida, tres o cuatro coordenadas: fotógrafo, treinta y tres años, hijo único, sin padre. Me bastaba. Nos bastaba con vernos y compartir lo que entendíamos que podíamos compartir sin revelar más que el otro. Dormíamos juntos y hacíamos el amor. En ese orden. No recuerdo la película que fuimos a ver. Lo que sí recuerdo es que una pareja paseaba en góndola por Venecia, hablando de lo que habían sido sus vidas en los años en que ambos habían estado casados, lejos, lejos de allí. Navegaban por los canales de la ciudad ajenos al agua, atentos sólo a las palabras del otro, a los gestos del otro. Podrían haber estado en cualquier sitio. Venecia no importaba y yo hervía de rabia contenida al verles tan cerca y tan ajenos a esa laguna mágica, a esas calles hundidas en silencio y limo. Salí del cine hecha una furia. Volvimos a casa paseando. Lloviznaba aunque era primavera y la lluvia era hasta hermosa bajo el primer crepúsculo. Isaac me abrazaba por los hombros y yo caminaba rígida como una virgen de madera. Nos paramos delante de un semáforo. Él me dio un apretón en el hombro y también un beso. Luego me soltó. El semáforo se puso en verde y empezamos a cruzar. Él se adelantó. Le vi llegar a la otra acera desde atrás, a cámara lenta, plantada en plena calle, intentando andar, decir, hacer… viéndole volverse y mirarme con ojos de hombre sorprendido, viendo tantas preguntas en esos ojos claros que tuve miedo. Le vi abrir la boca y articular mi nombre, pero no le oí. Sobre su cabeza, el semáforo cambió de color. La tarde también. Entonces se hizo el silencio, un silencio tan hondo, tan acuoso, que me mareé. Recuerdo que tendí la mano e intenté hablar. Y también que oí música, una música tan triste que me sentí hueca de pena.

Cuando logré cruzar la calle entre los pitidos de los coches y los gritos de los conductores, Isaac me tomó la mano y me acarició la cara. Vi en sus ojos trozos de mar. Y tanta libertad, que aparté la mirada y busqué su oreja bajo la llovizna, acurrucándome en ella y en sus ecos, pequeña, pequeña Serena, callada Serena. Entonces dije algo que no me había oído decir nunca, que no recordaba haber sentido ni pensado. Hablé y me rompí como una nuez contra una piedra.

–No me acuerdo de la voz de mis padres, Isaac.

Aunque no fue exactamente así. Fue más despacio, saltando de palabra en palabra. Un puente entre mi verdad inconsciente y el momento real.

Noté que su mano se cerraba sobre mí como una red y allí me quedé: contra él, bajo el semáforo y la llovizna, repitiendo una y otra vez mi verdad de niña huérfana e intentando hacerme sitio contra su oreja.

–No me acuerdo, Isaac. NomeacuerdoIsaacnomeacuerdoIsaacnomeacuerdoIsaac.

Entonces él hizo algo tan extraordinario que por un segundo me sentí en consonancia con todo lo que tenía a mi alrededor: con los coches, los ruidos, la lluvia, la tarde húmeda de abril... en consonancia conmigo, con Serena. Isaac dijo algo que jamás olvidaré, dos palabras que me cambiaron de rumbo, de andén y de plano.

–Te entiendo.

Eso dijo esa tarde junto al semáforo. Te entiendo. No «te quiero». No «cariño». No «cálmate». Y en esas dos palabras hubo mucho más de lo que nadie me había dicho hasta entonces. Hubo una verdad tan inmensa, tan vasta, que supe que era sincero. Y supe también que no me haría daño, que quizá Isaac había llegado a mi vida para enseñarme a defenderme de mí misma, a cuidar de mí.

Seguimos caminando cogidos del brazo por las calles del barrio sin rumbo fijo. Cuando llegamos a su casa, él preparó un té. Luego nos sentamos en la terraza y bebimos en silencio. Casi había caído la noche y la ciudad olía bien.

–Mi padre murió cuando yo tenía nueve años –dijo de pronto. En el ático de enfrente me pareció ver una figura moviéndose entre las plantas. Era una mujer. Mayor–. Yo estaba en el hospital. Acababan de operarme de apendicitis y esa noche mi madre se quedó a dormir conmigo –la mujer se paraba en cada planta y metía la mano en la tierra. Luego la pasaba por las hojas. A veces se llevaba una hoja a la cara e inspiraba hondo. Entre planta y planta nos miraba–. Lo encontró ella a la mañana siguiente en el baño. Se había resbalado y se había golpeado la cabeza contra el borde de la bañera –la mujer se abrazó y se frotó los brazos. Antes de volverse de espaldas nos saludó con la mano. Le devolví el gesto. Isaac no–. No pude verle. No me dejaron. Cuando salí de la clínica ya le habían enterrado. Mi madre guardó la urna con sus cenizas en la caja fuerte de casa y durante muchos años no volvió a hablar de él.

No supe qué decir. Busqué la complicidad de la mujer de la terraza de enfrente, pero sólo encontré el verde esponjoso de las plantas mojadas.

–Casi no le recuerdo –murmuró Isaac.

Fue su voz. La voz de Isaac atragantada contra ese no recuerdo, y no el mensaje, lo que más me acercó a él. Intenté rozar algún lugar común, caer en lo redicho y acorazarme detrás.

–Eras demasiado pequeño. Es normal que no le recuerdes.

No dijo nada durante un rato. Luego, sin apartar la mirada de la terraza de enfrente, dijo:

–Lo que no recuerdo es si le quería.

«Y yo no recuerdo cómo hemos llegado a esto después de tan poco tiempo», pensé. «Ni tampoco sé si me gusta que me cuentes esto, que me acerques tanto a ti.»

–Tampoco me acuerdo de si me sentía querido –añadió, esta vez bajando el tono de voz–. No me acuerdo, mierda.

Quise tocarle y alargué la mano, pero lo pensé me-

45

jor. Él se pasó la suya por el pelo y soltó un suspiro cansado. Luego se volvió a mirarme.

–Me alegra que estés aquí –dijo con una sonrisa encogida.

Me alegra que estés aquí, dijo esa tarde en la terraza. No supe a qué se refería con ese «aquí». «¿Aquí, dónde?», pensé. ¿En la terraza? ¿En tu vida? ¿En el presente? ¿En el mío? El «aquí» de Isaac se me perdió entre la llovizna de la tarde y mis ganas de no saber más. Ese «aquí» es ahora el mismo, somos nosotros de nuevo. No quiero dejarte aquí, dice Isaac. Y vuelvo a preguntarme si ese «aquí» es este salón, esta ciudad o esta vida.

–¿Sabes una cosa, Isaac?

Su mano busca la mía. No dice nada.

–Creo que tu madre te lleva a Venecia para darte una sorpresa.

Respira contra mi oído.

–Puede ser.

–Y creo que no te va a gustar –ya no juega. Isaac se tensa contra mi espalda porque no quiere seguir hablando. Pero yo sigo, claro que sigo–. Y que dolerá.

Isaac traga saliva y me abraza fuerte.

–Intentaré que no –dice con una falsa sonrisa que yo no veo, dejándome suspendida durante unos segundos en el vacío de su respuesta, hasta que por fin vuelve a hablar. Isaac habla y mi oído se dilata como una caverna subterránea, haciéndose eco de sus miedos.

De los míos.

Que son los nuestros.

Su voz en mi oído:

–Prométeme que no, Serena.

Elsa fuma. Hemos terminado de comer. Desde que salió de la clínica almorzamos juntas una vez por semana. Primero en su casa, luego, cuando reaprendió a caminar, empezamos a salir, a descubrir Barcelona después de todos estos años encerrada. Encerrada ella –sumergida en alcohol; borracha y ausente– y encerrada yo en mi pecera. Tanto líquido...

–He invitado a Isaac a Venecia este fin de semana.

Fuma al aire. Llega el café.

–Ya lo sé.

Yo lo sé y ella saca el humo por la nariz.

–¿Qué más sabes?

–Que no estoy invitada.

Suelta una carcajada ronca. Luego me pone la mano en el antebrazo y me da un pellizco cariñoso que recibo y entiendo como tal. Como siempre.

–Malcriada.

–Mala suegra.

Más risas. Me mira y adivino entonces que no sabe qué decir. Es raro el silencio en Elsa. Raro en la de ahora. En la de antes no.

–¿Por qué a Venecia, Elsa?

Aparta la mirada antes de suspirar y perderse en algún rincón de una vida que yo desconozco. En lo pasado por ella. Luego se retoca el pelo con una mano antes de hablar.

–Hace tiempo que no veo bien a Isaac –alguien tose en la mesa de al lado y una pareja de señoras se levantan arrastrando las sillas–. Se le olvidan las cosas. Está como ausente. Y se repite. Él no es así, Serena.

No, Isaac no es así.

–Y arrastra los pies.

Me vuelvo a mirarla.

–Quizá está cansado.

–¿De ti? –sonríe. Es una sonrisa triste, crispada.

Me río. A pesar de todo me río. Con el paso de los meses, desde que ha dejado el alcohol, Elsa ha ido transformando su voz en cientos de voces. A veces demasiadas.

–¿Por qué crees tú que debería invitarte? –pregunta arqueando una ceja. Luego inspira hondo y clava los ojos en un ventanal que da al pequeño jardín de flores que nos separa de la calle. Habla sin ganas. No quiere una respuesta.

–Porque creo que vas a hacerle daño –respondo de todos modos–. Y, si es así, me necesitarás cerca.

No se vuelve a mirarme. Arruga los labios y se lleva la mano al lóbulo de la oreja, buscando un pendiente que hoy no lleva.

–A Isaac es muy difícil hacerle daño.

–No me has contestado.

Me mira con el ceño fruncido.

–¿Cuál era la pregunta?

–Sabes muy bien cuál es la pregunta.

–Está bien –escupe con un suspiro cansado–. Me llevo a Isaac conmigo porque hay algo que tiene que saber y quiero decírselo a solas.

–¿Algo que él tiene que saber o algo que tú necesitas decirle?

–No seas redicha.

–¿Y tiene que ser en Venecia?

–Sí, tiene que ser en Venecia.

Silencio. Elsa se mira las manos durante un segundo. Tiene dedos de coral y yo quiero saber.

–¿Le dolerá?

–Sí.

Clavo yo también la mirada en la ventana que da al jardín. Se oye el rugido de una moto.

–¿Por qué?

–¿Por qué qué?

–¿Por qué dolerá?

Apaga el cigarrillo con un gesto cansado, aplastando la colilla con saña. Luego baja los ojos y murmura:

–Ojalá supiera por qué demonios duelen tanto algunas cosas, hija.

En ese momento aparece el camarero con la cuenta. Elsa me sujeta la mano que voy a meter en el bolso y deja su tarjeta de crédito en la pequeña bandeja de plata que desaparece en seguida en manos del camarero.

–Tú tuviste tu Venecia y yo tuve también la mía –dice entre dientes–. Ahora le toca a Isaac.

–¿Y por qué contigo?

–Porque soy su madre –me mira y suspira por la nariz–. Y porque me da la gana –en la mesa de al lado, la camarera intenta hacerse entender con un par de americanos que no acaban de aclararse con la cuenta–. Bah, no sé dónde coño aprenden inglés estas tipas.

Me lo dice a mí, o lo dice mirándome con esos ojos

grises que a veces parecen naranjas. Está sentada a mi izquierda. Su codo contra el mío.

—Eres demasiado vieja para ser tan intolerante, Elsa.

Se ríe. Tiene una risa contagiosa y a mí no deja de sorprenderme oírla reírse así.

—Y a ti alguien debería lavarte la boca con jabón, niña —me suelta—. Y como no lo haga Isaac pronto, voy a tener que remangarme y aplicarme yo. No te lo recomiendo.

Bajo la mirada. Los americanos se levantan.

—¿Sabes? —empieza de nuevo—, la primera vez que estuve en Venecia no me perdí porque fui sola.

Noto al instante un ligero apretón en la mano. Son sus dedos largos y finos como las cuerdas de mi violín. Me estrecha luego el antebrazo y no sé por qué siento de pronto unas tremendas ganas de llorar. De abrazarla.

—¿Te gustó? —pregunto casi con un hilo de voz.

—¿Venecia?

—Sí.

—¿Por qué quieres saberlo?

—¿Por qué te da tanto miedo volar?

—¿Cómo sabes tú que me da miedo volar? —dice, pasándose un pañuelo perfumado por el cuello.

—Me lo ha dicho Isaac.

Me mira con cara de niña enfurruñada.

—No me da miedo volar. Lo que me da miedo es aterrizar, que es muy distinto.

Sonrío.

—¿Por qué?

Deja escapar un suspiro antes de hablar.

—¿Nunca te ha dicho Isaac que eres un poco pesada?

—No se atreve.

—No me extraña.

–¿Por qué te da miedo aterrizar?

Suelta un segundo suspiro de fastidio.

–Porque estoy vieja y no tengo buenos frenos.

Se ríe. Elsa se ríe y a mí se me encoge lo vivido al verla así, tan en el aire, tan huérfana de sí misma. De pronto corta la risa en seco y me mira en silencio como un dibujo japonés, toda ojos.

–¿Qué quieres saber? –pregunta por fin.

–¿Cómo es?

–¿Venecia?

–Sí.

A Elsa hay que preguntarle las cosas así porque ella juega siempre de esa manera. Y jugar así a veces es duro, y cansa.

–Creía que la conocías.

–La conozco.

–¿Entonces?

–Quiero saber lo que te pareció a ti.

–¿La verdad?

–Sí.

–No me acuerdo.

Miente. Como de costumbre, juega a despistar.

–No puede ser.

–Pues es, niña.

Se enfurruña, pero no da su brazo a torcer y baja luego la mirada durante una décima de segundo.

–¿Eso fue antes o después de lo de tu marido? –insisto.

–De Álvaro, se llamaba Álvaro.

–Eso, de Álvaro.

–Después.

–Ajá.

Calculo. Calculo tiempos y mi lógica, ahora un poco

urgida por haberme visto pillada a contrapié, concluye que si Elsa estuvo en Venecia después de la muerte de Álvaro y no se acuerda de esos días en la ciudad es seguramente porque se había dejado ya caer en su propio pozo, el mismo del que Isaac y yo la ayudamos a salir en su momento. Ella me ahorra la pregunta.

–No, niña, todavía no había empezado a beber, si es eso lo que estás pensando.

No digo nada.

–Eso fue más tarde. A la vuelta.

–Ah.

–¿Y tú? –pregunta.

Me vuelvo a mirarla.

–¿Yo?

–Sí, ¿cuándo estuviste?

–Hace unos años.

–¿Te gustó?

–No.

–¿Por qué?

–Porque no fui sola.

–Error –escupe, bajando la voz y negando con la cabeza.

–Ya.

–¿Fuiste con Reinaldo?

Arrugo la frente y tuerzo la boca antes de hablar en un amago de fastidio que no dura.

–Ricardo. Se llamaba… se llama Ricardo. Y sí, fui con él.

–¿Y?

Me reclino contra el respaldo del asiento. No me gusta recordar delante del examen de Elsa.

–Pasamos una semana de abril. Cinco días. Dormimos en un camping de las afueras. Nos hizo un tiempo horrible y no paramos de caminar –digo sin abrir los ojos.

–No soporto los campings –me interrumpe–. Entre dormir en el suelo y la chusma que rueda por ahí...

Sonrío sin abrir los ojos.

–Yo tampoco.

Hablo de nuevo, esta vez en un tranquilo murmullo que más parece una reflexión en voz alta. Un recuerdo recuperado.

–Cuando volvimos a Barcelona estuve a punto de dejar a Ricardo.

Arquea una ceja y tuerce imperceptiblemente la boca.

–¿Y qué pasó?

Abro los ojos y me vuelvo a mirarla.

–Dos cosas.

Dos cosas. ¿Por qué me costará tanto hablar? A veces me reconozco hablando como si al respirar se me escaparan las palabras. Como un pez fuera del agua.

–Ya, pero eso fue después –sisea Elsa.

–¿Después?

–Sí, a la vuelta.

–Sí.

–Durante –dice–, ¿qué paso durante el viaje?

No la miro. Sigo buceando en el recuerdo, muy abajo, mientras busco una corriente cálida en la que dejarme llevar para poder decir lo que resume la memoria.

–Durante nunca pasaba nada. Con Ricardo no.

–¿Por qué?

–Porque las cosas pasaban antes o después de nosotros. Nunca entre nosotros. Ni desde nosotros.

–Ya, me suena.

La conversación no puede quedarse ahí. No así.

–¿Y después? –insiste–. ¿Qué ocurrió después?

Después. Elsa pregunta lo que Isaac nunca ha querido preguntar. Oímos el tintineo de cucharillas y más de una melodía de móvil en el silencio caro del restaurante.

–Un par de días después de llegar a Barcelona, Ricardo me propuso que tuviéramos un hijo.

Elsa arquea de nuevo la ceja pero no dice nada. Casi puedo leer el mensaje que circula por su frente y que ahora comparto con ella. El mensaje es una pareja de palabras que parpadean entre sus arrugas sudadas y que chisporrotean como un neón mal conectado. Dice así: «Menuda estupidez».

–Dos –suelta tensando el cuello.

No sé lo que me está diciendo.

–¿Cómo?

Se gira, arrugando los labios.

–Has dicho que pasaron dos cosas. ¿Cuál fue la otra?

Recuerdo la escena. Ricardo esperaba sentado en la butaca delante de mí, con sus manos grandes en mis rodillas. Teníamos las ventanas del salón abiertas y desde la calle llegaban los gritos de unos niños que jugaban a algo. Aunque Ricardo hablaba entre susurros, no era un hombre suave. Era más bien blando. Siempre a la espera, expectante, atento a la reacción. Me miraba desde abajo y su voz, su mensaje, se balanceaban sobre mi desgana como una soga vieja. Un hijo, había dicho. Tengamos. Los dos. Él y yo. Habíamos quedado para hablar esa tarde. Me veía extraña, dijo en cuanto nos sentamos.

–Te veo extraña, Serena.

Extraña. Intenté no sonreír. Extraña, yo. Éramos dos extraños. Había poco que ver.

–Estoy cansada, Ricardo.

No sé si lo dije o lo pensé. Sí sé que lo entendió.

–¿Qué te pasa? –preguntó.

Ahí estaba: la pregunta. Ese «qué te pasa» que ni hasta entonces ni desde entonces ha augurado nada bueno. Explicaciones, justificaciones. Y sí, estaba demasiado cansada. Pasaba que me había equivocado, que llevaba demasiado tiempo justificando el aburrimiento para no tener que hacerle daño, que esos cinco días en Venecia habían puesto fin a lo que jamás tendría que haber empezado y que la aventura había terminado. Me pasaba poco, esa era la verdad. De repente me di cuenta de que no tenía respuesta para su pregunta. «Nada», quise decir. «No, no me pasa nada, Ricardo, y por eso no me gusta mi vida, porque no la siento, porque no la toco.» Quise decir muchas cosas, pero fue la costumbre la que habló por mí.

–No lo sé.

Mentí. Más que mentir, obvié. Y perdí. Ricardo me tomó las manos y empezó a masajearme los dedos lentamente. Tenía la mirada baja. Sabía tan bien como yo que mi «no lo sé» era una tregua, una de las muchas prórrogas que yo le había ido pidiendo en los últimos meses. «No lo sé» era sinónimo de «ahora no», de «no quiero hablar», o de un peor «no me hagas pensar». «No lo sé» era «no me hagas decírtelo todo ahora: lo poco vividos que estamos, lo espeso de esta rutina», él con sus planos y la nocturnidad de su estudio, su olor a cigarrillo, y yo con mi desasosiego a cuestas, aguantando interminables fines de semana en casa de sus padres, a un demonio de madre que callaba todo lo que hacía bajo mano, acogotando a su marido y a su hijo para poder seguir siendo alguien, aunque fuera sólo los sábados y los domingos, aunque los días de diario quedaran reducidos a las tardes en la tienda de lanas, la peluquería, la mala leche contenida, la vejez mal apretujada en ese cuerpo feo y solo. Yo con mi desasosiego, sí, colgada de Ricardo por huérfana, por cobarde. Un hijo, había dicho. Nuestro. El producto de su mediocridad y de mi aburrimiento. «No», quise decir. «No quiero un hijo nuestro. No quiero un recordatorio vivo de nuestras noches de cama a la carrera, de tus repetidos "perdona". No quiero tener pruebas de este horror.»

Ricardo se acercó más a mí y se llevó mis manos a la cara.

–Un hijo, Serena. Los dos lo necesitamos. Nos hará bien –insistió–. Y a él le haríamos tan feliz...

Le miré y por un segundo me maravilló su convencimiento. Ricardo habría sido un buen padre. Mal amante quizá, mal compañero de juegos también, pero un buen padre. Era un hombre generoso en lo que no daba, un generoso teórico, mecánico. No sabía no serlo porque no sabía decir que no. Quería traer una vida al mundo para cuidarla, para ser buen padre y convertirme en una buena madre. Se me cerró el pecho al verle así, tan convencido de lo que yo no me atrevía a creer. «Puede ser», pensé.

–Puede ser.

Él levantó la cabeza y me miró. No sé lo que vería en mis ojos. Sólo sé que en los suyos leí una tristeza tan honda, el reflejo de un amor tan poco correspondido, que me quedé sin aire. No quise verme así, reflejada así, descrita así. Ricardo me miraba como un hombre que quiere a una mujer, que la quiere a su lado, en lo bueno y en lo malo, que quiere un presente continuo entre el aburrimiento y las tentativas por salir de él. Ricardo me quería como sabía, consciente de que conmigo no era suficiente. Por una décima de segundo le quise tanto, fue tanta la ternura y el cariño que despertaron en mí esos ojos de hombre, que se me llenaron los pulmones de agua y sal. Por un segundo floté en una oleada de sentimiento que tenía ya olvidada y que creí bienvenida. «Qué culpa tiene él de no llegar», me oí pensar. «Qué culpa tenemos todos de no saber más.» Me colé por ese segundo como el agua por la grieta abierta en el cristal de una pecera. Me creí feliz. Acompañada. Me di valor y le acaricié la cara antes de hablar. Luego fue ya demasiado tarde.

–Sí.

Eso dije. Sí. Sí a todo. Sí a nosotros, sí a un hijo. Sí al cariño gastado, a las vacaciones aventura en un camping a las afueras de cualquier ciudad del mundo, no dentro. Viviendo siempre al margen de las cosas, en el antes y en el después. Nunca en el durante. Me acarició él también y me pasó el pulgar por la mejilla, recogiendo las lágrimas que yo no notaba. Sí a todo lo que no era yo misma. Entonces empezó lo peor.

Elsa me mira, esperando una respuesta, y yo tardo un poco en recordar la pregunta. Elsa quiere saber. Pasaron dos cosas, sí. La primera fue que Ricardo me pidió que tuviéramos un hijo. ¿Y la otra?, pregunta Elsa. Hubo otra, es cierto.

–La otra es que le dije que sí.

Parpadea. No se lo espera y me gusta sorprenderla. Se vuelve más mujer, más cercana.

–Ay, niña –suelta de pronto, alargando su mano hacia mi mejilla. Me echo hacia atrás en un acto reflejo y ella arruga el ceño y chasquea la lengua, dolida–. No me apartes la cara –refunfuña con voz de vieja.

–No me gusta que me toquen –digo–. Ya lo sabes.

–No entiendo cómo puedes ser tan arisca.

A veces, con Elsa, me gustaría saber contenerme para no responder a sus provocaciones.

–Me extraña que no lo entiendas, Elsa. Sobre todo tú.

Sonríe. Le gusta que le hablen de ella.

–Muy bien. Le dijiste que sí a tu pobre marido –concluye, retomando el hilo de lo dicho–. ¿Y luego qué?

No quiero seguir recordando. Ni con ella ni con nadie.

–Estuvimos juntos dos años más.

–¿Y?

–No hubo niño.

Elsa arruga los labios y enciende otro cigarrillo.

–A Dios gracias –dice mientras la camarera se acerca con la cuenta y ella firma el recibo y recoge la tarjeta de la bandeja de plata. La camarera se retira.

Siento una punzada en el pecho y otra en la base del cuello. Hablaría más, pero al ver el gesto impaciente de Elsa, que ya empieza a levantarse, decido mentir. Resumir.

–Sí, gracias a Dios.

Serena está inquieta. Nos hemos acostado temprano. Mamá aparecerá mañana a primera hora con su maletín de fin de semana y esa prisa de niña malcriada con la que intenta disimular su miedo a volar y saldremos hacia el aeropuerto. Esta noche ha vuelto el calor. Hemos dejado la ventana del dormitorio abierta. Más abajo se oye el zumbido de la ciudad. Serena no está a mi lado y en su ausencia la casa navega en un silencio pausado que conozco bien. Todavía ahora, cuando me despierto en mitad de la noche y me descubro solo en la cama, se me atasca el pecho durante un instante. Es un acto reflejo, una conexión automática con lo vivido, con lo que probablemente no olvide ya. La noche trae imágenes que no siempre domino. Con Serena a mi lado, las imágenes pasan de largo, se esfuman entre las sombras. Sin ella...

Sin Serena recupero momentos vividos que no deberían estar ahí y que durante años he ido enumerando en mi cabeza para no perder la cuenta, para no dar espacio a más. Son momentos feos, de niño. Los conozco tan bien que puedo pasarlos ante mis ojos como un carrete de diapositivas, uno tras otro. Pestañeo y la imagen se renueva por otra peor. Algunas tienen voz. Otras no. Esas duelen más.

Sin Serena de noche vuelvo a los seis días en casa de los abuelos, a esa semana durante la que mamá me había aparcado en ese piso de techos altos y tarima reluciente en cuanto salí del hospital. Papá acababa de morir. Mamá no estaba. Peor: se había ido. Lejos. A Venecia. Los abuelos callaban. Eran tristes los abuelos. Morirían poco tiempo después, uno tras otro como un par de fichas de dominó. La abuela quería ser tierna, pero nadie le había enseñado cómo. Los días pasaban lentos, yo en cama, todavía demasiado débil después de la operación. Las noches eran peor. Cuando preguntaba por mamá, el abuelo se enfurruñaba y la abuela repetía siempre la misma mentira:

–Mañana –decía–. Llegará mañana.

Y ese mañana fue abriendo hora tras hora un pozo negro que yo iba escarbando de noche como un preso en su celda. Abajo, más abajo. Buscando salir. Buscando agua. «Venecia es una ciudad de agua», me había dicho la abuela en una de sus pocas confesiones. Respiré. Le agradecí tanto esas palabras que casi salté de la cama para abrazarla. Imaginé una ciudad de agua, sumergida en el mar, entre corales, peces y silencio. Abajo, más abajo escarbaba yo en mi pozo de terror al caer la noche, los ojos siempre abiertos, escuchándolo todo: los ronquidos del abuelo, los suspiros de la abuela, el correteo nervioso del pekinés de los vecinos del cuarto. Mamá buceaba en su ciudad de agua y yo cavaba contra el miedo a quedarme solo, a que ella no volviera. Creía que si por fin encontraba agua, la encontraría también a ella.

El día que volvió no supe cómo hablarle. No me encontré la voz. Estaba tan cansado de cavar, tan lleno de falsos «mañanas», que cuando la vi sentarse en la cama y me abrazó me sentí estafado y no supe decirlo. Mamá no estaba mojada. No olía a sal. ¿Dónde había estado? ¿Por qué tan seca, tan igual? Siguió abrazándome durante un buen rato bajo la mirada velada de la abuela. Luego se apartó un poco, me miró y sonrió.

   –Cariño –dijo.

Dijo «cariño» y yo no supe cómo salir de mi pozo de miedo porque no era esa la clave que abría mis seis días sin ella. Tenía tantas preguntas, llevaba tantas noches haciendo listas y más listas de dudas, de reproches, de maldiciones, que de pronto no supe qué decir. Y entre todas las palabras, entre todas las respuestas, elegí la primera, la que mejor me resumía en aquel entonces. Al oírme ella se recogió sobre sí misma como una ostra herida.

   –No –dije. Exactamente eso: «No». Mamá me miró, recogida como estaba, y bajó los ojos. Luego se levantó y salió de la habitación mientras la abuela empezaba a recoger mis cosas. Ese mismo día volvimos a casa. Y esa noche mamá empezó a beber.

Pero eso fue esa noche. Y fue también el principio de muchas cosas: de la vida después de papá, de mi vida con una madre que no existía hasta bien entrado el mediodía: malhumorada, arisca y jodida, que no atinaba a la hora de echarle el pulso diario al presente hasta el segundo whisky de la mañana. Eso fue esa noche, sí. La de hoy deambula por la casa pegada a mi sombra mientras salgo de la habitación y voy descalzo al salón. El ventanal está abierto. Salgo a la terraza y la recorro hasta pasar por delante de la puerta de la cocina y subir por la escalera metálica cubierta de hiedra y madreselva que comunica con el sobreático. Al llegar arriba, levanto primero los ojos hacia el cielo. Hay estrellas en lo oscuro y sopla una brisa templada que hace bien. Delante de mí veo lo que veo siempre que subo a buscar a Serena cuando me falta:

Está de espaldas, sentada y desnuda. Encerrada en su estudio de doble cristal, apenas se la oye tocar. Lo que sí se oye es un leve gemido como el de un gato en la distancia, un gato tranquilo, musical. Serena toca con la espalda recta, sentada a la luz de un candelabro que lanza luces y sombras sobre la noche desde su octógono de cristal. Está metida en su pecera y dice cosas tan hermosas, tan propias, que me fallan las rodillas y tengo que tragar saliva porque desde donde estoy no sé cómo llegar hasta ese elemento que no es aire, ni agua, ni tierra, ni fuego, ese elemento que es Serena cerrada sobre sí misma, rasgando sus cuerdas y hablando con ellas desde un silencio que no comparte conmigo ni con nadie. Yo no sé cómo llegó esta mujer a mi vida. No sé cómo ni a quién preguntar, ni tampoco lo que sentía antes de que ella apareciera, cómo vivía las cosas, cómo las entendía.

Poco a poco voy rodeando la pecera iluminada de mi mujer, disfrutando de ella desde todos mis ángulos y los suyos, tan ajena, tan intensa en su tocar al otro lado del cristal que de pronto lamento los tres días en Venecia que me esperan con mamá. Sin Serena. De repente sólo quiero estar aquí, a esta hora, en lo alto de la ciudad, girando despacio alrededor de la desnudez de Serena, viéndola así de blanca contra la noche.

Ahora levanta la cabeza y, sin dejar de tocar, me mira

y sonríe. Y parpadea. Y arruga los labios. Me mira y la miro y quiero estar dentro con ella, meterme yo también en la pecera y dejarme mecer en el agua de las notas que perfilan sus dedos. Le pregunto con un gesto si puedo entrar y ella asiente con la cabeza, dejando de tocar durante un instante y dándome el tiempo justo para que me cuele en su pequeño estudio y me coloque de pie a su lado. Entonces ladea un poco la cabeza, cierra los ojos, levanta y el arco y dice:

–Escucha, Isaac.

Música. Llega la música sobre la ciudad. Encerrada, tremenda. Lo que Serena teje con el arco es agua, agua turbia, anciana, lisa. Es todo lo líquido del sentimiento: el fondo del pozo tras noches y noches cavando, el anuncio de que por fin ha llegado «mañana» y de que mamá no se ha ido, que no hay abandono ni miedo a lo que vendrá. Es que existe una ciudad de agua en algún lugar y que la abuela no mentía. Y que Serena está triste.

Son tantas cosas las que suenan desde su violín, que me apoyo contra la pared de cristal que nos aísla de todo lo que no somos nosotros y cierro los ojos para no perder el equilibrio, para seguir entero, afín a la vida que tengo conmigo y a lo que me rodea.

El violín de Serena tiene cuatro cuerdas que dicen cosas.

La cuerda más grave es el eco de las profundidades. Habla de una niña varada en el limo del fondo, mirando hacia arriba en busca de una luz que no le llega. Es la cuerda de las bestias lentas y misteriosas que anidan en la oscuridad. Desde ahí, el arco de Serena dice: «No me dejes imaginar lo que nunca ocurrirá».

La siguiente es grave también, pero vibra mejor, más

aérea. Es la cuerda de los grandes naufragios, de lo que cayó, se hundió y está todavía por descubrir. Es el agua azulada de los sueños que aún pueden llegar. Montada sobre ella, Serena circula como una bruja a mi alrededor, lanzando un mensaje que no alcanzo a leer bien pero que, entre las algas y la herrumbre de los restos naufragados, intuyo así: «Quisiera recordar todo lo que nunca fui».

La tercera, aguda, es el cabo grueso y húmedo de un barco del que cuelga un ancla oxidada con forma de anzuelo. Es una voz de sirena que Serena jamás emplea, y una palabra que ella no sabe recibir pero que desea desde siempre poder decir: «Ven».

Y por fin, la cuarta de las cuerdas es la menos acuática. Es la que nace en el índice de Serena para señalar lo que desea, lo que lamenta y lo que ve: un coro de lamentos tan finos, tan hilados, que se me enredan en el pelo, tirando de mí hacia ella, contra ella. Es tanta la pena que encierran esos lamentos, tanta soledad la que destilan, que estiro la mano y le acaricio la cara. Ella abre entonces los ojos y desde esa última cuerda me llega una estela de espuma de mar con un breve mensaje: «Venecia. Un laberinto. Cuidado. Algunos no vuelven».

Desnuda, Serena sigue tocando con mi mano en su mejilla. Si nadamos, nadamos juntos. Ella delante, yo queriéndola. Hay música esta noche, mañana habrá Venecia. Llegará mamá con sus verdades y sus mentiras, con ese pasado velado por el alcohol que a veces recuerda y a veces prefiere no imaginar. Hay Serena y hay Elsa y esas son las dos coordenadas que rigen mi vida. Sé que las dos son y están y que cada una tira de su extremo de la cuerda, tensándola para mí. Sé también que este viaje es un principio y es un fin. Los tres lo sabemos.

Se ha hecho el silencio en la pecera sobre la ciudad. Serena sigue con el violín apoyado en el hombro y el arco sobre las cuerdas. Respira tranquila, cansada. Y, a pesar de lo que sé, de lo que todos sabemos, tengo que oírlo, quiero oírlo de sus labios. Quiero irme tranquilo.

Su permiso. Quiero su permiso.

–¿Quieres que me quede? –pregunto con un susurro. Ella levanta los ojos y me sonríe. Luego deja el violín y el arco en el suelo y se lleva las manos a la cara, frotándose los ojos con las yemas de los dedos.

–No –responde, levantándose y viniendo hacia mí con una alegría reposada. Desnuda Serena, cómoda en su desnudez. Y tan hermosa en esa comodidad que de pronto soy yo el que se siente desnudo–. No, no quiero que te quedes –me dice al oído. Adivino su mirada. Conozco la mirada que acompaña a ese susurro. Respiro tranquilo. Ella me coge de la mano y juntos salimos del estudio. Al llegar a la escalera que baja a la terraza, Serena tira de mí, obligándome a detenerme.

–No quiero que te quedes –me repite, esta vez con una voz más interna–. Lo que quiero es que no te arrepientas nunca de volver.

–¿Un té, Elsa?

Serena me saluda con una sonrisa despierta y la tetera en la mano mientras en la radio una voz de hombre recita actualidad, hablando atropelladamente: un atentado en alguna parte, un campeonato de algo con entrevista en directo… sucesos. Apoyo la maleta contra la nevera y me siento a la mesa mientras Isaac silba en algún rincón de la casa. Está contento. Mi hijo está contento porque se va de viaje conmigo. Delante de mí, Serena me mira con esos ojos sin fondo. Amarillos. A esta hora no me apetecen mucho esos ojos.

–Como sigas mirándome así voy a tener que pedirte un whisky, niña.

Ni siquiera parpadea.

–Bromeaba.

–Eso espero –dice, levantándose y acercándose a la radio. Bajo sus manos, la voz del hombre desaparece y empieza a sonar una canción. Hay un violín y hay también una voz de mujer. Serena sigue de espaldas, concentrada en la voz de la radio hasta que vuelvo a hablar.

–Mañana hará tres años que dejé de beber.

No dice nada. La voz es magnífica. Si no fuera tan

temprano, probablemente me haría llorar. O quizá no.

–Mucho tiempo –dice.

Mucho tiempo. ¿Cómo se puede decir eso a su edad? A veces parece que haya nacido vieja.

–¿Sabes?, tengo sesenta y cinco años y he pasado treinta y tres macerada en alcohol. Es decir, treinta y tres con y treinta y dos sin. Estadísticamente, sigo siendo una borracha.

Suelta una carcajada tímida.

–No hables así –susurra.

–Hablo como me da la gana.

–Ya.

–¿Sabes una cosa?

–¿Otra?

–Sí.

–Seguro que no.

–A veces me recuerdas a mí cuando tenía tu edad. Y la verdad es que no sé si me gusta.

Se vuelve despacio con una sonrisa en los labios.

–Debías de ser una mujer estupenda.

–Sí. Una estupenda borracha es lo que era.

Isaac vuelve a silbar, esta vez más cerca. Pronto nos iremos. Pronto no habrá marcha atrás. Serena se sienta y envuelve el tazón de té con las dos manos.

–¿Quién canta?

Levanta los ojos, sorprendida ante la pregunta.

–En la radio. ¿Quién canta?

–Eva Cassidy –responde con una sonrisa tímida–. ¿Te gusta?

–Sí.

Me gusta, sí, aunque no entiendo lo que dice. La mujer que canta desde la radio canta sola, eso es lo que comunica. Pide cosas.

–Murió de cáncer. Muy joven –murmura Serena, mirándome a los ojos.

–Todo eso que se ahorró.

No sonríe. No le ha gustado.

–¿Por qué? –pregunta.

–¿Por qué? ¿Cómo que por qué?

–¿Por qué empezaste a beber?

Vaya. Después de tanto tiempo. Esos ojos no podían no encerrar una pregunta así.

–¿La verdad?

–Sí.

–Para no ver.

–No lo entiendo –responde ceñuda.

–Ahora yo tampoco.

–¿Entonces?

–Entonces... si te lo dijera no me creerías, niña.

–Prueba.

–Ya no tengo edad.

–Yo creo que sí –replica con una sombra de sonrisa.

–Felicidades.

–¿Por qué?

–Por tu fe en el ser humano.

–¿Por qué empezaste a beber?

–Porque tenía miedo.

–¿Miedo de qué?

–No lo entenderías.

–Prueba –insiste.

Pasan los segundos y, mientras la canción muere en la radio, yo dudo de querer llenar el silencio que está por llegar.

–Tenía miedo de Álvaro –digo por fin.

–No me vengas con esas.

–Es verdad.

–Álvaro ya había muerto cuando empezaste a beber, Elsa.

–¿Y?

–No lo entiendo.

–Ya te lo había dicho.

–Explícamelo.

–A la vuelta. Te lo cuento a la vuelta. O si no, mejor que te lo cuente Isaac.

–Él no lo sabe.

–No, no lo sabe.

–¿Entonces?

–No seas ansiosa.

–No tiene gracia.

–Qué poco sentido del humor tienes, niña. ¿Ves?, en eso no me recuerdas a mí.

–A estas horas de la mañana es difícil.

–No digas bobadas.

Sonríe, divertida, y a mí me gusta verla así. Isaac se acerca por el pasillo. Sus pasos resuenan sobre la madera del suelo. Nos vamos ya.

–A la vuelta, pregúntaselo a la vuelta –le digo–. Puede que entonces lo sepa.

–¿Puede?

–Seguro. Seguro que lo sabrá.

–¿Por qué?

–Preguntona.

–¿Por qué? –insiste, tozuda.

–Porque tengo tres jodidos días en Venecia para poder decírselo –Elsa abre la boca y en la oscuridad que hay dentro adivino la pregunta que amenaza con llegar. No la quiero–. Y te aviso –le suelto–: como sigas preguntando te echo el té a la cara.

Arquea una ceja.

–No es té.

Bajo los ojos y durante unos segundos estudio el color verdoso del líquido que tengo en la taza. No es té, dice. Ya decía yo. Nunca me ha gustado el té.

–Es tila –aclara–. Lleva también unas gotas de valeriana. Así sufrirás menos en el vuelo. Igual, con un poco de suerte, hasta te quedas dormida y dejas dormir también a Isaac.

¡Vaya con Serena! Me muerdo el labio para no sonreír, pero, a juzgar por lo que descifro en sus ojos, no estoy segura de haberlo logrado. Me defiendo. Claro que me defiendo.

–Bruja.

Ella se lleva la taza a los labios y sonríe con los ojos, desarmándome con su mirada. A Isaac debe de pasarle lo mismo con los ojos de mi nuera, estoy segura, si no de qué. Oigo a Isaac dejar su bolsa junto a la puerta de la calle y Serena y yo nos miramos. Ella traga saliva, se levanta y, con ese andar calmado que no sé de dónde saca, se lleva los tazones hasta la encimera, dándome la espalda. Ahora nos iremos. Entrará Isaac con su sonrisa de niño mayor y saldremos juntos, dejando a Serena así, de espaldas a lo que no le gusta. A Serena hay algo que le duele y yo no puedo ni quiero entenderla así. Tiene la espalda llena de frases escritas que me apena leer.

Me levanto de la mesa y me acercó a ella. Luego le pongo la mano en el hombro y siento cómo se tensa, rechazándome, dolida.

–Serán sólo tres días, niña –le susurro.

Isaac se acerca en ese momento a la cocina, silbando de nuevo. Durante un segundo, las puntas de los dedos de la mano de Serena se elevan hasta su pecho, asomando despacio sobre su hombro hasta que con los

dedos toca los míos, sus yemas contra mis uñas, quedándose ahí, reposadas y tranquilas. Luego llega su voz
y con ella su despedida. Más neutra.

–Ya lo sé, Elsa –dice.

No, no lo sabe porque yo no sé decirlo como lo siento y porque estadísticamente sigo estando mermada después de años sumergida entre botellas, rabia y miedo.
Y porque en el fondo cree que no sé querer. Porque no
sabe de dónde vengo ni cómo he llegado viva hasta aquí.

Quizá a mi regreso las cosas cambien. Quizá Isaac
sepa explicarle. Quizá demasiadas cosas.

Nos vamos ya.

III. Isaac y Elsa

–Ven.

Es la voz de una madre que acaba de pararse cerca del banco en el que estoy sentada. A unos metros de ella, su pequeño llora y patalea contra la acera, rojo de rabia. El niño me mira y sigue berreando, acorazado contra ese «ven» de su madre en el que él sabe leer muchos otros mensajes que ella no muestra: «Ven aquí ahora mismo, ven o te dejo aquí, ven y quizá te perdone, ven que llego tarde por tu culpa, ven, ven, ven». Sobre la ciudad pasan aviones que no vemos. Es un viernes extraño. A mi espalda, la ventana del edificio. Desde allí, desde la consulta, se ven las copas de los árboles del parque y más cosas. Isaac está lejos, en Venecia. Camina sobre el agua con Elsa porque la madre busca al hijo y lo quiere con ella. Elsa e Isaac. Ninguno de los dos estaba ahí arriba hace unos minutos, ninguno ha oído conmigo la voz de la doctora flotando sobre el murmullo del tráfico lejano. Yo no escuchaba. Tenía la cabeza más allá de los árboles. Había una nube con forma de ojo colgada sobre el parque, un ojo blanco y sucio. La voz de la doctora ha desaparecido de pronto y se ha hecho el silencio, un silencio tranquilo, tranquilizador.

La doctora tiene mi edad. Se llama Sarah. Tiene una voz dulce de médico en activo que en su día me ayudó a elegirla. Me miraba desde el otro lado de la mesa con una sonrisa paciente.

–¿Estás bien?

He optado por la mecánica, por lo que toca, respondiendo a su pregunta con otra:

–¿Estás segura?

Ha sonreído.

–Claro.

Claro. Cómo no. Sarah está segura porque ha visto a miles de Serenas llegar a su consulta. Confundidas, molestas, con una o dos faltas, quizá doloridas, mujeres que han salido a la calle siendo otras, mujeres de dolores, confusiones y molestias explicadas, resumidas. «Estás embarazada, Serena.» Eso ha dicho. Y lo que no dice se resume fácilmente en un «Buena nueva. Buena vida. Felicidades. Hoy empieza todo. Hoy es un gran día, para ti y también para él».

–¿Cuánto tiempo tengo?

Sarah ha arrugado la frente. Ha tardado sólo unos segundos en comprender. Luego ha suspirado por la nariz y ha torcido la boca.

–No te entiendo.

No es verdad. No te entiendo, no. Es muy fácil. Soy una mujer embarazada, nada más. No una madre a la espera, ni esperanzada, ni ilusionada. Todavía no. No soy la primera que ha pasado por su consulta. No seré la última.

–Si decido no tenerlo –le explico–, ¿cuánto tiempo tengo?

Se ha aclarado la garganta antes de responder. No le ha gustado. A Sarah le hace feliz hacernos felices, ver-

76

nos salir de su despacho convencidas de nuestra buena suerte. Pero es que mi única buena suerte se llama Isaac. No sé si quiero seguir tentándola con nuevos nombres.

–Estás de muy poco. Hay tiempo –me ha mirado y ha apoyado la barbilla en sus manos entrelazadas como una buena profesional. Comprensiva en el gesto. En la mirada no–. Creía que era buscado.

–No.

Ha cogido mi ficha de la mesa y la ha guardado en un pequeño archivador. Luego lo ha metido todo en el cajón del escritorio y ha vuelto a entrelazar las manos, esta vez sobre la mesa. En seguida ha recuperado la sonrisa.

–Háblalo con él. Seguro que eso te ayuda. Hay tiempo, Serena. Háblalo, hazme caso.

Desde nuestro regreso de Venecia, Ricardo y yo hablábamos mucho del niño. Sobre todo él. Habíamos vuelto a la vida de siempre, a la esperanza de siempre, avivada a partir de entonces por la invocada llegada del pequeño. Durante unos meses, el niño ya casi era. Las hermanas de Ricardo, los padres de Ricardo, los tíos de Ricardo, todos esperaban la noticia, todos preguntaban, todos querían saber, estar, hacer. El hijo de Serena y de Ricardo estaba por llegar, encargado, pedido. El hijo que no llegaba, que se hacía de rogar, blanco de bromas en los cumpleaños, en las comidas de los domingos, en Navidad. Tarda mucho el niño, dónde os lo habréis dejado. Hay que echarle ganas, chicos. Sin ganas y alegría no hay premio. Premio. Doce meses sin cambios, doce meses reglados que poco a poco empezaron a pesar sobre los dos, encorvándonos un poco la ilusión, apoyados sobre mí, acusadores. Las bromas fueron apagándose y llegaron las miradas veladas, los comentarios incómodos, llegó lo feo, las sospechas, la incapacidad. Decididos como estábamos a seguir hasta el final, no nos costó buscar ayuda médica para una ilusión tropezada que había dejado de ser proyecto en común para convertirse en problema en común. Llegaron las pruebas de fertilidad y con ellas la noticia que ninguno de los dos esperábamos. El problema estaba en Ricardo. Su semen era no sólo inusualmente escaso, sino que además sus espermatozoides tenían problemas de movilidad. El suyo era lo que habitualmente se conoce como un semen perezoso, pobre. La inseminación natural era una posibilidad impensable porque sus espermatozoides no buscaban mis óvulos, no sabían dónde encontrarme. Se quedaban quietos donde estaban, esperando, aturdidos, una señal. Deberíamos haber sabido leer entre líneas. Los dos. No lo hicimos.

Cuando, tras varios descartes, se planteó la vía de la fecundación in vitro, ninguno de los dos lo dudó. Era la única puerta que se nos había dejado abierta y decidimos cruzarla. No fue fácil ni agradable. Durante medio año, Ricardo pasó por un infierno casi diario de hormonas inyectadas, pruebas y controles. Yo pasé otro tanto que ni recuerdo ni me apetece rescatar. A pesar de todo, seguíamos ilusionados. Él buscaba un hijo que nos hiciera familia, yo un proyecto que me atara los pies al suelo y echara tierra sobre tanto aburrimiento, tanta no vida junto a él. Buscábamos cada uno su futuro y lo hacíamos juntos. Lícito era, o eso me parecía a mí entonces. Llegó por fin el momento de la inoculación. Me inocularon tres óvulos fecundados, previa preparación artificial del útero, que recibió la entrega atento, deseoso de hacer un nido para la nueva vida que le llegaba del exterior. Desde la consulta del médico, volví directamente a casa. Después pasé una semana en cama, levantándome sólo para lo imprescindible, hormonándome. Ricardo me cuidaba como a una porcelana recién restaurada, siempre en casa, siempre a mi lado, cariñoso con la madre en ciernes como lo había sido siempre, más obsequioso quizá, más activo en sus ganas de quererme. Seis días después de mi paso por la consulta del médico, tuve la primera pérdida. Fue una pérdida mínima, una gota diminuta en el mar blanco de las sábanas que me contenían, a mí y a mis tres óvulos fecundados. Llamamos al médico. Nos tranquilizó. Si la pérdida se reducía sólo a eso, no había por qué alarmarse. Pero la sangre no tardó en aparecer, líquida y abundante como siempre, vaciándome de todo lo que me sobraba, de la pereza, de la inmovilidad y de la poca vida que habíamos logrado generar entre Ricardo y yo. Llegó la sangre, sí, y con ella empecé a irme también yo, a deslizarme sobre mis sábanas hasta la calle. No quise más. No más fecundaciones, no más pruebas, no más ilusión. Ricardo se dio también por vencido. Ninguno de los dos planteó una segunda vez. Estábamos cansados, cansados de demasiadas cosas, físicamente agotados. Él fue hundiéndose poco a poco en un silencio perdedor, perezoso y culpable al que yo no quise acercarme. Me volví hacia la ventana de mi habitación y desde ahí empecé por primera vez a imaginar a solas. Me gustó lo que vi o lo que intuí. Me gustó poder mirar y saber que todavía me acordaba de ver. No tardé en reincorporarme a la orquesta y a los ensayos.

Un mes más tarde empecé a dejar a Ricardo y alquilé un apartamento en el centro. Esa misma noche, cenando en un bar del barrio después del ensayo, coincidí con Isaac. Apenas hablamos. Cenamos juntos apostados contra la barra de un bar. Los dos éramos libres, nos sentíamos libres, cada uno en su sintonía, inencontrable, incompartible, colgados de esa barra como dos náufragos a su madero. Me gustó sentirle cerca esa noche. Y su forma de no mirarme. Volví una semana más tarde, después del ensayo. Él apareció poco después. Cenamos, paseamos, le dejé el violín y él lo cargó en brazos como si llevara a un niño, abrazándolo fuerte.

Al día siguiente dejé definitivamente a Ricardo. Entonces todo cambió.

—Ven —grita la madre del niño, ahora con la boca tensa y los dientes un poco más apretados. El pequeño ya no berrea, sólo se descalabra entre una mueca de desconsuelo y un parpadeo de hipos cada vez más espaciados. Hay miedo en esos ojos y también en la mano tendida de la madre que lleva unos minutos así, en el aire, invitando a que el pequeño se acerque a ella y poder seguir vida arriba o vida abajo, pero vida al fin. Hay culpa en esa mano por haber asustado, por no saber darse a veces, por no entender cómo administrar autoridad, suministrar autoridad... por tantas cosas que quizá no podrá explicar jamás que el pequeño se olvida de sí mismo, cesan los hipos y de pronto vela por ella, se le encogen los pulmones por ella, por verla así, con la mano tendida, tan sola, tan madre. «Háblalo con él», ha dicho Sarah. «Tendría que hablarlo con él, es verdad», me oigo pensar. Con Isaac puedo, aunque no sepa qué decirle, ni articularle que una vez quise ser madre y no salió bien, que se torció porque se me cayó la sangre de dentro y la pérdida de la vida que buscaba me dio la mía. Aunque no sepa decirle que mi niño no tendrá abuelos porque yo no recuerdo su voz, la de ninguno de los dos, que borré sus voces porque para seguir sin ellos tenía que seguir sin recuerdos oídos, sin sus silencios; que sólo tendrá un padre y poco más y que yo no tengo tanta vida para tanta gente. Que no me cabe. Sarah quiere que lo hable con él. Espera que la voz de Isaac, lo que él pueda decirme, cambie las cosas. Pero es que es eso lo que Sarah no puede ver. Quizá es que no quiero que cambien las cosas. Quizá es simplemente que me gusta mi vida como es, que por fin he encontrado en mi pecera una grieta por la que colarme y subir río arriba entre Isaac y mi música sin miedo a quedarme sin aire, sin agua, sin luz.

Contra el cielo de la ciudad, envuelta en este aire marrón de septiembre, veo alejarse a madre e hijo por el paseo. El pequeño va un poco al ralentí. Ella tira de él y él parece disfrutar de la tensión que ancla los dos brazos. El pequeño se vuelve, me mira y sonríe. Sonrío yo también. Desde la ventana de la consulta de Sarah se ven pasar las nubes. Quizá ella las vea entre paciente y paciente. Quizá crea que volveré dentro de unos días con una nueva luz en los ojos, que lo que diré la alegrará y sentirá que a veces logra que cambien las cosas.

Venecia no cambia. No puede cambiar porque el agua no da espacio ni tiempo para cambios. Aquí no cabe el tiempo. Isaac y yo paseamos despacio y sin rumbo, mi brazo en el suyo, perdiéndonos en esta vastedad de puentes, canales y olor a humedad. Hablar de Venecia no es posible, es como hablar del desierto. ¿Qué decir? ¿Arena y cielo? Ver Venecia es tener que imaginar. Es volumen. Hemos comido bien, pero no recuerdo dónde. Sí el nombre, y también el olor, pero no sabría volver. No es bueno volver en Venecia. Hay que circular, avanzar, hacia cualquier parte. Esto es el laberinto y el laberinto pide valor, valentía, coraje.

Isaac arrastra un poco los pies al caminar y hay veces en que no está. Me mira y sonríe, ladeando la cabeza para escuchar como un pájaro sobre una barandilla, quizá viéndome poco, o quizá viendo más cosas de mí de las que imagino. A veces murmura. Se repite. Me preocupa. No es el Isaac de siempre. Está más torpón, menos suelto. «Cansado», dice Serena. Cierto. Comprensible. Tres exposiciones en los últimos tres meses deben de haberle dejado exhausto. Ámsterdam, Barcelona y Oporto, colgando fotos en galerías y museos, exponiéndose a sí mismo y a sus desnudos de ancianos para que el mundo los vea. Viejas pellejas son lo que muestra. Arrugas y ojos cansados. Pelo blanco. Calvas. Lo que no se enseña. Lo que yo nunca enseñaría. Isaac sí. Isaac enseña siempre lo que le motiva. Nunca tuvo nada que esconder, ni siquiera a mí durante los años en que yo no he sido yo. La Elsa borracha. «Eres mi madre», decía. «Borracha o no, eres mi madre.» Isaac. No sé qué habría hecho sin él. Y sin Serena.

Hemos dado vueltas por puentes y callejones hasta que han empezado a dolerme las piernas y hemos decidido volver al hotel a echarnos una siesta. Hace calor en esta Venecia recuperada. En la habitación también. Desde mi ventana, un pequeño canal se desliza hacia las entrañas del laberinto. A un lado, el *ponte delle Erbe* y sobre los tejados, el *ospedale civile* como un sarcófago pesado y silencioso. Hay ventanas en el horizonte y tanta calma que así, sentada delante de la ventana abierta, me dejo acariciar por la tarde torcida de la ciudad, inspirando el olor fuerte del canal y anclándome contra el murmullo de los turistas que desde aquí no se ven. Hace treinta y dos años la vista era la misma. El mismo hotel, el mismo puente, la misma habitación con estas flores rojas en la pequeña barandilla. El mismo silencio en esta ciudad que no cambia porque no tiene hacia dónde ni desde dónde. Pero entonces todo pasó y hoy las cosas deben ocurrir todavía. Conjuradas están. Estoy aquí, viva y de vuelta. Y he venido con Isaac. Los dos. Venimos a celebrar. Yo a dar gracias, a decir cosas que debería haber dicho antes. Él, a saber lo que ni siquiera intuye.

Suena el teléfono de la habitación. Isaac me llama desde la suya.

–Deberíamos bajar –dice–. Sentémonos a tomar el aire en el patio, ¿quieres? Podríamos cenar algo ligero, ahora que seguro que nadie ha empezado a cenar todavía.

Sonrío. A Isaac le gusta el silencio. Tanto como a mí. Bajaremos al patio cerrado del hotel y nos sentaremos junto a la fuente. Quizá seamos los primeros.

Es viernes y esto es Venecia. El sol quiere ponerse y la luz enrojece las sombras que todavía no lo son del todo. Sentados Isaac y yo a la mesa de la pequeña plaza interior enmarcada por paredes de colores desvaídos, recogidos en un tranquilo rincón de este laberinto de agua y olor. Sopla una brisa cálida de principios de otoño que peina el polvo y las migas del mantel de papel. Es viernes, sí. A mi derecha, Isaac deja la servilleta en el plato y a punto está de coger un cigarrillo, pero lo piensa mejor y durante un segundo sigue con la mano sobre la mesa. Conozco bien esa mano, su perfil, su contorno. La he parido, la he visto y la he sentido muchas veces en estos últimos treinta y ocho años.

Me mira desde el otro extremo de la mesa, sentado de espaldas a la cristalera del restaurante. Está radiante. La luz nos acaricia a los dos mientras él toma un sorbo de café que acompaña con un pequeño trago de agua con gas. Está cómodo y a mí me gusta verle así. Cómodo conmigo, con su madre. Me mira, esperando algo. Creo saber qué es y me da miedo estar equivocándome. Él no dice nada. Hay tantas preguntas en esos ojos que no sé por dónde empezar. Suspiro antes de hablar.

–¿Qué quieres saber, hijo?

Parpadea. Quizá no quiera saber. Quizá estoy errada. Enciende un cigarrillo y baja los ojos.

–Lo que tú quieras decirme –dice.

–¿Sobre qué?

No levanta la cabeza. Coge la botella de agua y empieza a arrancar la etiqueta con un movimiento mecánico y repetido que no me gusta. Luego murmura:

–Sobre Venecia. Sobre esos seis días. Yo... –se atranca contra sus puntos suspensivos y a mí me roba el aire en ese paréntesis que le sigue doliendo. No quiero verle así. No quiero saberlo. Él busca cómo seguir, bucea hacia atrás–. Creí que no volverías.

–Eras muy pequeño, Isaac.

–Y tú no estabas.

–Sólo fueron seis días.

–Volviste seca. La abuela decía que estabas en la ciudad del agua y yo creía que estabas en el mar. Abajo.

Suelto una carcajada que no suena bien.

–Estaba hundida, sí.

Tuerce la boca en un gesto que conozco bien.

–Yo también.

–Ya lo sé.

Una pareja de chicas pasa junto a nuestra mesa y nos saluda en inglés. No les devuelvo el saludo. Isaac tampoco. Se pierden por la puerta de acceso al comedor interior. Hay tanto silencio aquí, a esta hora, que cierro los ojos durante unos segundos para disfrutar de él. Mi voz suena entonces contra las piedras y la pintura descascarillada de la plazoleta. Se me ha hecho vieja la voz.

–Llegué aquí sola, a Venecia, y no salí del hotel hasta el día de mi vuelta –Isaac levanta los ojos mientras sigue arrancándole la etiqueta al botellín–. Pedí que no me molestaran, me senté en el banco de terciopelo de mi cuarto y desde allí me dediqué a estudiar el estrecho canal al que daba la ventana, un pequeño recoveco de la ciudad en el que el agua, la basura y algún turista confundido iban meciéndose contra la piedra hasta caer la noche. La muerte de tu padre me había dejado encallada en un paréntesis de tiempo y de dolor al que todavía no había intentado enfrentarme. «Álvaro está muerto y yo estoy en Venecia», me repetía a cada rato. «Él muerto y yo aquí.»

Isaac me mira. No fuma. Parpadea poco y cuando habla, ladea la cabeza.

–Todavía no entiendo por qué quisiste venir sola. ¿Por qué no me trajiste contigo?

No sé qué contestarle. Decido seguir hablando, dejándome llevar. Hacía mucho que no tenía a mi hijo conmigo, para mí sola.

–Sólo tenías nueve años.

Frunce el ceño, intentando recordar. Parpadea. Tiene buena memoria incluso para lo irrecordable.

Y yo llevo tiempo echándole de menos. Se lo digo.

–Llevo tiempo echándote de menos, hijo –tuerce la boca. No le gusta que le hable así–. A tu padre le encantaba Venecia.

–Ya lo sé.

–No, no lo sabes.

Vuelvo al recuerdo. Entre frases, nada. El vacío. Ese vacío se llena con una historia que me he repetido durante muchos años hasta hacerla verdad. La historia, la oficial, dice que Álvaro aprovechó una noche de octubre para tropezarse con la muerte en la bañera; que le encontré a la mañana siguiente, después de pasar la noche en la clínica con Isaac. Acababan de operarle de apendicitis y me había tocado a mí quedarme a dormir con él. Al llegar a casa, me senté en el taburete del baño y metí la mano en el agua. Estaba fría y él hinchado como un loto. Azul. Violeta. Muerto. Álvaro tenía cara de luna y la paciencia de un hermano mayor, el que nunca tuve. Era un padre para Isaac y eso alargó demasiado las cosas.

Me arrebujo un poco en la chaqueta. La brisa de septiembre sienta bien. A los dos.

–Álvaro era un buen padre –es mi voz, la voz del recuerdo, de lo irreal. Tengo a mi hijo conmigo porque en la historia de mi vida hubo un hombre llamado Álvaro con el que nos equivocamos juntos.

–Yo creo que papá no te quería –dice Isaac, que no me mira al hablar.

–Ya lo sé.

Álvaro se quería demasiado. Entre él y todos sus yoes apenas había espacio para nadie más. Isaac quiere seguir hablando de lo que no sabe y yo prefiero dejarle. Algo me dice que mientras siga en ello estamos en terreno seguro.

–Es más –dice de pronto, bajando los ojos durante apenas unas décimas de segundo–, creo que muriéndose te hizo un gran favor. Tú no habrías sido capaz de dejarle.

Tiene razón. Suele tenerla. Y, aunque hay veces que cuando habla da miedo, siempre quiero más. Le quiero más: más cerca, más a mi lado, más para siempre, más que nunca...

–Mamá.

Dos turistas ingleses hacen un alto en la esquina más alejada de la plaza. Él, bermudas claras, zapatillas de deporte y gorra de tenis. Ella, encantada. Está en Venecia y tiene una cámara de vídeo en una mano y un mapa que no sabe leer en la otra. Perdidos, perdidos los dos en la madurez del viaje. Intentan encontrarse en el mapa durante unos minutos, sin éxito. Sonrío. Les veo por el cristal en el que casi se apoya mi hijo. Me pregunto si tendrán hijos. Si les echarán de menos.

Cuando Isaac terminó la universidad y se fue de casa, recortaba artículos de los periódicos y los guardaba en una carpeta azul que vaciaba en mi buzón cada dos semanas. «Para que te enteres», solía escribirme en las notas con las que acompañaba sus regalos. Los artículos no tenían nada que ver entre sí. A veces ni siquiera estaban enteros. Había párrafos, frases, palabras. Con ellos y con los años fui construyendo el rompecabezas que había sido mi pequeño. Había estado enamorado de una guitarrista que le engañaba con unos cuantos más, a los que a su vez engañaba con él. Un día la citó en su casa, la sentó en el sofá del salón y le contó la verdad. La verdad sobre ella, naturalmente, no la de él. Natalia, que así se llamaba la guitarrista, no dijo nada. Se marchó como una vela de un barco fantasma, azotada por el viento salado de la pena. Luego pasó lo del accidente e Isaac me buscó. No me encontró. Me llamó a casa y me dejó un mensaje en el contestador.

–Estoy en el hospital, mamá –decía el mensaje–. No sé si operarme y dejar que estos cabrones me masacren más de lo que estoy o morirme dentro de unas horas en este antro. ¿Podrías llamarme en cuanto tengas un momento?

Así: llámame en cuanto tengas un momento porque me estoy muriendo y quizá quiera despedirme antes. Tan propio de Isaac. Escuché el mensaje al levantarme de la siesta.

Había otro. Empezaba con una carcajada seca, una carraspera llena de sangre y flema. Seguía así:

–No sé por qué he dicho lo de despedirme. Quería decir despedirme de ti. Es que me ha dado un poco de no sé qué.

Colgó. Él colgó y yo corrí al hospital. Cuando llegué, había entrado en el quirófano. Le había arrollado un todoterreno en un paso de cebra. Tenía tantos huesos rotos, tantos remiendos, tanto órgano desmembrado, que no supe por dónde empezar a mirarle. Eso fue sólo el principio.

–Estás horrible –masculló con una sonrisa torcida. Era verano. Septiembre. Llovía esa noche.

Me costaba tanto hablar que no intentó obligarme a conversar. Me senté junto a él. Una enfermera cantaba una copla en alguna parte. O puede que fuera un bolero.

–¿Y bien? –me soltó, entrecerrando los ojos. No supe si sabía lo que decía.

Le miré. No entendí qué era lo que me pedía.

–¿Y bien?

Sonrió. Lo intentó.

–¿Qué hago, mamá? –empezó–. ¿Me opero o me dejo morir?

Se me congeló el aire en los pulmones.

–Ya te han operado, hijo –intenté jugar, defenderme ante tanto miedo, pero me sudaban las manos y los dados se me colaron entre los dedos. No funcionó.

–Vendrán más. Tengo cuatro vértebras rotas. Y algunas costillas. Luego está lo demás. Lo blando –soltó una carcajada que sonó como una cuchara de madera estrellándose contra una encimera–. Quizá no pueda volver a caminar. Quizá tenga la cabeza llena de coágulos. Quizá no aguante.

–No hables así –le corté.

Parpadeó como si acabara de sorprenderle. Mentira. Pocas, muy pocas cosas son capaces de sorprender a Isaac. Nada de lo que yo dijera podía ser una de ellas.

–Entonces habla tú –dijo.

Intenté controlar la voz antes de volver a hablar. Isaac estaba tan alejado de la vida, tan desconectado de su propio cuerpo y tan consciente a la vez que ni los médicos ni yo nos atrevíamos a conjeturar nada.

–Si crees que voy a dejar que te mueras, me conoces mal –susurré entre dientes–. Costará. Tendrán que operarte una o cien veces, me da igual, pero saldremos de esta, los dos…

–Mamá… –me interrumpió, mirándome con una lucidez que me dio miedo. Bajé los ojos.

–Iremos donde haga falta. Buscaremos…

–Quiero pedirte algo –me interrumpió de nuevo, poniéndome la mano en el antebrazo. Tenía unos dedos huesudos y largos, Isaac, unas uñas enteras, manchadas de sangre seca, sin estrías. Sonrió entre tubos al ver mi cara de sorpresa.

–Dime.

Deslizó su mano por mi antebrazo hasta posarla en la mía. Quiso apretar.

–Vámonos a Venecia –murmuró–. No me quiero morir sin conocer Venecia.

No vinimos. No tuvimos tiempo. Horas más tarde él entraba de nuevo en quirófano. Durante las seis horas siguientes navegué en blanco, embarrancada contra la puerta abatible de la entrada de quirófanos como una vela rota. Rezando. Yo. Rezaba sin parar, sin querer. Una sola palabra.

–Por favor.

Porfavorporfavorporfavorporfavor… Una eterna ristra de porfavores que debió de cubrir de miedo la calle entera.

Isaac salió agarrado a mi hilo de súplicas a bordo de su camilla y volvió a la vida con la cabeza abierta, marcada. Entró en quirófano cinco veces más en las siete semanas siguientes. Por fin, una tarde volvimos a casa, él en silla de ruedas, yo dando gracias a la vida por tenerle conmigo. Fueron ocho meses con él en casa, vigilándole el habla, el equilibrio, el color. Días de taxis al hospital, tratamiento, pruebas, esperanzas (algunas fundadas, otras no), noches alerta escuchándole respirar, respirando por él y por mí a la vez. Fueron semanas en las que estuve atenta a la vida como hacía años que no lo estaba, falta de costumbre, de fuerzas no. Casi un año siendo yo de nuevo.

Sin una gota de alcohol. Nada. Incapaz de acercarme a la botella por si me perdía algo. Asco le cogí. Asco a no estar. A no enterarme. Casi un año de Elsa entera en abanico alrededor de mi hijo roto. Casi un año de milagro.

Cuando Isaac por fin pudo valerse por sí solo, volvió a su casa.

Esa noche me emborraché.

Pero eso fue entonces y esto es Venecia.

Hasta aquí, hasta ahora, hemos sido nosotros: Isaac y Elsa, Isaac y mamá. Esto es una tarde envueltos en un silencio austero falto de turistas, fuera de temporada. Hemos almorzado en una pequeña terraza junto a una plaza recorrida por balcones con forma de pez. Isaac está exultante, aunque desde hace un par de días parece desconcentrado y en Babia.

¿Que cómo es? ¿Isaac?

Ancho. Isaac es ancho, amplio, de piernas firmes.

Tiene poco de freudiano. Es más expansivo, más torbellino. Le gusta reírse. Tiene una risa contagiosa que te lleva lejos, muy lejos de ti.

Cuando pagamos la cuenta, levanta la mirada y recorre con los ojos las figuras marinas de los balcones que dan al patio interior del hotel, balcones suspendidos ahora sobre nosotros.

–¿Te das cuenta, mamá? Es como si acabáramos de cenar en el fondo del mar –dice de pronto con una mueca que entiendo de asombro. Luego, antes de que yo pueda responder nada, añade, clavando en mí unos ojos llenos de historias que no sé si quiero leer–: ¿Te imaginas que la vida fuera simplemente unas vacaciones? ¿Que esto fuera sólo un descanso de la vida real?

No digo nada. Durante unos segundos nos instalamos en el silencio de la tarde veneciana hasta que él lo rompe.

–Una comida menos –dice, suspirando satisfecho, aunque con una sonrisa triste que no intenta disimular.

–No digas eso.

Baja la mirada.

–Pero es que es verdad. Una comida menos para mí. Una comida menos para ti. Para todos.

Pasan entonces los segundos que rebotan entre las piedras de la plaza como el eco de una piedra.

–Es que ya tengo treinta y ocho años, mamá.

Y yo sigo sin saber qué decir.

–No sé qué decir, hijo.

Levanta la cabeza y me mira con unos ojos llenos de pasado, un pasado que de pronto creo haberme perdido.

–La verdad.

–¿La verdad?

–Sí.

–No te entiendo.

–No me quiero morir así, mamá.

Trago saliva, y con la saliva se me cuelan dentro las piedras de la plaza, la barandilla de hierro oxidado del pequeño puente y la cristalera del restaurante. Pregunto atragantada desde la boca hasta el pecho.

–¿Así cómo?

–Sin saber.

Y yo no quiero que me hable así.

–¿Por qué?

–¿Cómo que por qué?

–¿Por qué quieres saber?

–Porque me hará bien –dice con una sonrisa–. Y porque creo que tú quieres contar –verle sonreír cuando habla de mí me rompe la vida y él lo sabe. Baja los ojos antes de volver a hablar y yo aprovecho para aclararme la garganta–. ¿Por qué nunca dejaste a papá?

Hay veces en que me gustaría no saber fumar. Hay veces en que me veo demasiado desnuda, sin recursos.

–¿Y tú por qué eres tan preguntón?

–¿Por qué, mamá?

–¿Por qué tengo la sensación de que echas de menos a tu padre?

Sonríe. Tiene ganas de jugar. Conozco bien el juego. Él también.

–¿Y por qué tengo yo la sensación de que hay un millón de cosas de ti que desconozco?

–Bobadas.

–Cuando tenía quince años dejé preñada a una chica de la clase. ¿Lo sabías? –dice, ladeando la cabeza, juguetonamente desafiante.

Sonrío.

–Ya, claro.

–Es verdad. Tú estabas demasiado ida. Nunca te enteraste.

–¿Qué más es verdad?

–Muchas cosas.

–¿Como qué?

–Que no recuerdo si papá me quería y me gustaría que lo habláramos.

Hay una luz extraña en la plaza. Tengo los pulmones tan cerrados que siento el respaldo de la silla en el esternón.

–No me hagas esto, Isaac.

–¿Me quería?

–Eso ya no importa.

–A mí sí.

–¿Quieres saber por qué empecé a beber?

Me mira como si le hubiera abofeteado. Deja la botella encima de la mesa.

–Sí.

–Para no oír.

–¿Para no oír qué?

–Para no oír respirar a tu padre.

–No digas chorradas, mamá. Cuando empezaste a beber, papá estaba muerto.

–Hay cosas que no sabes.

–¿Me las vas a contar?

Enciendo un cigarrillo. Siento el humo rascarme la garganta y envolverme desde dentro. No me ayuda.

–Tu padre no se desnucó en la bañera –no le miro. Sigo hablando–. Murió en la bañera, pero no se desnucó. No fue un accidente.

Isaac ha vuelto a coger la botella. No hay etiqueta

que arrancar. Pasa la uña por el adhesivo, despacio y concentrado.

–Esa noche dormí contigo, ¿te acuerdas?

Asiente con la cabeza sin apartar la mirada de la botella.

–Antes de ir al hospital pasé por casa a recoger el cepillo de dientes y una muda –le explico–. Ya era tarde. Tu padre estaba en la bañera. Entré a coger mis cosas y ni siquiera me saludó. No me extrañó, ya sabes cómo era. Había vapor, calor, qué se yo. Me acerqué a la bañera y le vi dormido en el agua hirviendo que casi le cubría la barbilla hasta la boca. Respiraba por la nariz. Inspiraba y espiraba como un fuelle roto, casi un ronquido, despacio, muy despacio. En el suelo, un montón de pequeños cartuchos crujieron bajo mis pies. Blisters. Los conté. Me senté en el retrete y los conté, uno a uno, sin prisa. Conté cuarenta y ocho. Volví a repartirlos donde los había encontrado. Tu padre dormía y no despertaría. Se apagaba entre jadeos cansinos que parecían llenar el baño entero, la casa entera. Tenía los pies en alto y sólo unos centímetros separaban el agua de su nariz.

Isaac está quieto. Tiene las manos sobre las rodillas. Relajadas no. En pausa.

–Salí del cuarto de baño. Cerré la puerta. Cogí una muda y me fui al hospital. Esa noche dormí contigo. Me tomé uno de los somníferos que había encontrado en el suelo del baño. Dormí bien. Ni siquiera soñé. Al día siguiente volví a casa. Encontré a tu padre bajo el agua. Mudo. Muerto.

Isaac se mira los pies. Tiene las manos sobre la mesa.

–El resto ya lo sabes.

Levanta la vista. No, no lo sabe.

–No dejó nada –sigo explicando–. Ni una nota, ni un mensaje. Nada. No sé por qué lo hizo. No es que no lo entienda, es que no lo sé. De todas formas, no me sorprendió. Llevaba demasiado tiempo jugando con la muerte, siempre amenazando con ella, intentando vivir, intentando aprender. Era un hombre triste, Isaac. Y cobarde. Conscientemente cobarde. No le gustaba esto. Quizá no le gustaba yo, ni tú. No lo sé.

Isaac tiene la mirada clavada en los balcones de la pared. Va cayendo la noche y poco a poco se encienden las luces del patio. El chapoteo de la fuente acompasa la llegada de la noche a mi espalda.

–Creo que no quiero saber más, mamá –dice entre dientes–. Hoy no.

–De acuerdo –un pequeño remolino de viento azota el patio, envolviéndonos–. ¿Quieres que salgamos a dar un paseo?

Baja los ojos antes de responder.

–No. Creo que subiré a mi habitación. Serena debe de estar a punto de llamarme –añade, mirando su reloj–. Si te parece, mañana seguimos.

–¿Te encuentras bien?

Me mira ahora, pero en su mirada descubro a un Isaac poco definido. Asiente levemente un par de veces, pero no es un movimiento claro. Es un gesto mecánico, inconsciente. No me gusta. Isaac no me está escuchando y su rictus afilado y frío no es el de mi hijo. De pronto, se levanta y me da un beso distraído.

–Sí, estoy bien.

Y, con un «buenas noches, mamá» que apenas entiendo, se aleja arrastrando los pies hacia la puerta del hotel. Le veo marcharse, enmarcado contra la luz que procede de la puerta, veo cómo su espalda va menguando entre las paredes despintadas en sombras y sé que algo no está bien, sé que hay error y que el error es mío. Isaac se marcha sin preguntar, sin querer saber, y ese no es mi Isaac. El Isaac de siempre, el que yo he parido, es todo curiosidad, es el hombre del continuo «por qué». Era así desde niño, siempre preguntando, observándolo todo hasta que ese todo se le quedaba pequeño y había que ponerle freno, a veces con alguna verdad fea, otras con una mentira. Con lo que fuera. Isaac sube a su habitación con paso derrengado tras una despedida en la que no nos hemos reconocido. No ha querido seguir sabiendo y yo no me lo creo. Después de todos estos años de silencio, circulando alrededor de esos seis días de vacío en los que le dejé sin mí, ha dicho «Mañana. Mañana más» y no es su voz la que me ha pedido tiempo. Sobre la mesa, los restos de la etiqueta del botellín esparcidos como un falso mapa del tesoro. Sobre la mesa hay algo que se ha ido haciendo trizas delante de mí y de nuevo no he sabido verlo. De nuevo he fallado. Le he fallado y duele. Mañana habrá más. Más Isaac. Menos yo, quizá.

«No pasa nada», me obligo a pensar. «Está bien. Isaac está bien. Necesita tiempo. Sólo es eso.»

–¿Estás bien?

Es la voz de Serena. La oigo lejos y sé que no es la distancia la que la apaga. Me ha costado llegar a la habitación. Me ha costado el ascensor, el pasillo, la llave en la cerradura, el vértigo, este calor. De pronto hace calor y el calor soy yo, no la ciudad ni esta noche de septiembre que parece no hacer sudar a nadie. Cierro los ojos y el mareo remite un poco, pero en cuanto los abro, la ventana y su balcón de pez navegan sobre el mar de tejados que se extienden hasta la enorme cúpula que no identifico. «No, Serena», quiero decirle, «no estoy bien. Hace tiempo que algo falla, que bajo los pies encuentro de pronto pendientes y precipicios que antes no estaban allí y que el suelo y yo nos movemos a ritmos distintos, independientes». Vuelvo a cerrar los ojos y la voz de Serena suena como un eco desvaído en el auricular, rebotándome entre los oídos.

–Isaac.

Isaac. Serena me llama y yo no encuentro la palabra con la que llenar el hueco que deja su voz. No sé qué viene ahora. ¿Sudor? ¿Calor? ¿Venecia? ¿Papá?

–Cariño –insiste.

Esa es la palabra: «Cariño». Viniendo de Serena y viniendo ahora, sé que llega desde la preocupación. Es una palabra grande, amplia, firme. Me agarro a ella y se la devuelvo, buscando tiempo, esperando a que el mareo remita y las palabras se reencuentren en mi cerebro, formando familias ya hechas. Dándose sentido.

–Sí, estoy bien, cariño –digo por fin–. Es sólo que te echo de menos.

Unos segundos de silencio. Serena debe de estar sentada en una de las tumbonas de la terraza con un tazón de té sobre la mesa de teca. En pijama, quizá sólo en camiseta. Desde nuestra terraza me pregunta ahora sobre mi día: el vuelo, la ciudad, el calor, los colores, mamá. Ella pregunta y yo respondo como lo he hecho tantas veces cuando he estado lejos: contando y encuadrando lo cotidiano hasta darle un hilo de aventura, de novedad. Serena lo agradece y repite pregunta. Quiere saber.

–¿Y tu madre? ¿Habéis tenido tiempo para hablar?

No sé qué es lo que pregunta exactamente ni sé la respuesta que espera. ¿Tiempo para hablar? Si respondo que no, sabrá que, en efecto, algo hemos hablado. Si por el contrario digo que sí, querrá saber y yo no sabré decir. Bromeo.

–Mi madre no ha parado de hablar desde que hemos salido de Barcelona. Estoy por tirarla al canal.

No se ríe. La respuesta no le basta, pero no insiste. Le pregunto por ella.

–¿Y tú? ¿Todo bien?

–Todo bien –contesta al instante–. Esta mañana he salido a pasear por el parque.

No digo nada. De pronto siento un pinchazo en los ojos. Por detrás. Desde las cuencas. Los cierro.

–Isaac.

100

–Dime.

Pasan unos segundos más. Serena se ha encallado contra algo que esconde o que le duele.

–Duele –dice.

Abro los ojos. «Duele y yo no estoy. O quizá duele porque yo no estoy», pienso alarmado. No quiero que duela si no estoy allí para abrazarla.

–¿Estás en la terraza? –pregunto.

–Sí.

–¿En camiseta?

–Sí.

–¿Con tu té en la mano?

–Sí.

–Bien.

Se oye gritar a alguien y de pronto no sé si el grito nace aquí, en Venecia, o me llega desde la terraza de Serena, la nuestra.

–Bien no, Isaac.

Vuelve el pinchazo. El suelo cae en picado y me reacomodo en la cama, intentando contener la náusea.

–¿Bien no?

–No.

–¿Por qué?

–Porque esta mañana he ido a pasear al parque.

Serena se mueve así, en espiral, dejando pistas para que yo la encuentre. Hay un laberinto llamado Serena que a veces se muestra y que otras permanece dormido, disimulado en el día a día. Yo no siempre sé por dónde entrar en él. Hay días en que lo vivo como un juego. Hoy no.

–No te entiendo, cariño.

Suspira. La oigo sorber un poco de té y oigo después el chasquido metálico del tazón contra la mesa.

—Estoy embarazada.

Ahí está. La entrada. El laberinto de Serena se dibuja ahora por mi cerebro a una velocidad insalvable. Ella tira de mí, de mi mano, corriendo entre los setos y las fuentes, animándome a confiar a ciegas. Me falla la respiración, me falta el aliento. No, no estoy bien. Hace tiempo que voy perdiendo la vida por alguna grieta que no tengo localizada. Se me cuela la fuerza, se me va y yo con ella.

Embarazada. Serena está en la terraza y habla conmigo justo hoy, justo ahora que estoy lejos. Tengo ganas de llorar. Siento los pulmones llenos de un líquido salado, emocionados, congestionados.

—Estoy embarazada y no sé si soy capaz de seguir adelante. No sé si quiero —dice por fin—. Y duele.

No puedo hablar. Tengo tanto por llorar, tanta alegría y tanto miedo formando conjuntos vacíos a mi alrededor en la habitación, que no me encuentro la voz. Estoy hinchado de emoción, mareado de nuevo.

—¿Estás ahí, Isaac?

Estoy, sí. Lleno de agua y sal, con la cabeza sobre la almohada y el móvil pegado a la oreja. Voy a tener un hijo y Serena no sabe si puede. Estoy aquí, sí, pero no sé qué decir. No sé si cambiará algo, si ella ya ha tomado su decisión. Si es así, dolerá. A mí. Esta vez a mí.

—Deberías estar feliz, cariño.

—Ya lo sé —dice.

—Yo lo estoy.

—Ya lo sé.

—¿Entonces?

Respira pesadamente. Me cambio el móvil de oreja y aprovecho para secarlo con la sábana. Está empapado en sudor.

–No sé si podría.

No lo entiendo.

–¿Si podrías qué?

El laberinto llega a un claro. Serena y yo nos acercamos a un pequeño estanque. Nos asomamos y miramos nuestro reflejo en el agua.

–Si podría compartirte con un niño –el agua está sucia–. Aunque fuera el nuestro.

El agua está sucia y el claro del laberinto se cierra a mi alrededor, engulléndome la voz y el aire. Serena ya no está. Los setos se cierran sobre mí y la luz va desapareciendo poco a poco. Hay algo que no va, algo que se ha quedado tropezado entre su voz y la mía y me temo que ese algo soy yo. Un pinchazo se me abre camino entre los ojos como un berbiquí de punta fina. La mano que sostiene el móvil deja de estar, de apoyar, y veo cómo el móvil cae primero sobre la cama, rebotando sobre el edredón blanco, y va a estrellarse contra el suelo, separándose en varias piezas al tiempo que un timbre rompe a sonar a mi derecha.

Sobre la mesita que está junto a la ventana, el teléfono de la habitación vibra con cada timbrazo, rebanándome el cerebro. Me muevo con los ojos cerrados. Es demasiado el dolor. Algo me tira del pómulo y del brazo, no de la piel, más adentro, más abajo. Algo parpadea y yo no lo controlo porque apenas puedo respirar. Hay dos pasos desde la cama hasta el ventanal, dos paréntesis en este esfuerzo continuado entre los que mis pulmones achican agua y sal, buscando aire, voz también. El teléfono sigue sonando y yo vadeo sobre la alfombra hasta él. Hay alguien ahí. Alguien me busca desde el exterior y yo no entiendo ya la señal porque trago agua, hago agua. Me he dejado olvidada a Serena en algún momento de la noche y no recuerdo cuándo ni dónde, pero no puedo mirar atrás porque el suelo vadea conmigo en perpendicular a la ventana. Intuyo que también a la vida. Intuyo que me voy, que esto no es una llegada. Cuando por fin logro levantar el auricular, una voz me saluda desde el estanque, desde el agua sucia que me llena cabeza y pulmones. Apoyo la frente contra el cristal. Alguien me habla al oído. Es mamá.

Respiro hondo y me acomodo el auricular a la oreja. La voz es la de Isaac. Le imagino al otro lado de la línea, apoyado contra el ventanal de la habitación y la cara pegada al cristal. Como las madres imaginamos a los hijos: mezclando recuerdo y realidades. Venecia. Esto es Venecia e Isaac se ha quedado atascado entre dos palabras al otro extremo del pasillo. Él en la habitación 39. Yo, en la 32. Entre él y yo, dos palabras de las que cuelga mi hijo como una cometa estrangulada entre dos postes. Dos.

Buenas noches.

Eso dice una, dos, tres veces: Buenasnochesbuenasnochesbuenasnochesbuenasnochesbuenasnochesbuenasnoches. Me siento despacio en la cama, intentando no interrumpirle, murmurando, no sé ya si en voz alta o para mis adentros, un automático «¿Estás bien, hijo?» que se me rompe contra esa hilera monocorde y demente. Contra su voz.

–¿Estás bien, hijo?

–Buenasnochesbuenasnchesbuenasnochesbuenasnoches.

–Isaac.

–Buenasnochesbuenasnchesbuenasnochesbuenasnoches.

No me visto. No me veo. Corro descalza por el pasillo. Corre la madre y la distancia se multiplica porque
el hijo no responde. Isaac está pegado al ventanal. Re-
sopla como un animal herido, dejando escapar un llan-
to ronco y sin lágrimas. Le abrazo por detrás y pongo
la cabeza en su espalda, subiendo y bajando sobre su
columna. Agarrada a él.

–Hijo.

De pronto, el silencio. Su mano busca la mía, palpa
la palma, dibuja algo en ella que no entiendo y despacio
se vuelve a mirarme. Isaac tiembla, tiembla el hombre
de treinta y ocho años que es mi hijo y al verle temblan-
do así –no de frío, no de miedo–, desdibujándose en una
mueca tarada e imprecisa, me cruje el alma. Isaac abre y
cierra un ojo sin control y contrae el músculo del pómulo como si en él fueran rompiéndose cientos de cuerdas,
cientos de acordes. Me mira y no me ve. No está. Habla.

–Ma…

Respira tan hondo, con tanto esfuerzo, que temo
perderle.

–Dime, cariño.

–Ma…

Levanta la mano y la deja caer de golpe. Trago saliva
y no hay tiempo para más. Sus ojos en blanco se des-
ploman contra la quietud del suelo y yo navego sobre
la alfombra hasta llegar al teléfono y pulsar todo lo que
encuentra mi dedo, que también tiembla, falto de cuerdas como una marioneta rota.

La voz del recepcionista. Su amabilidad nocturna
contra mi alarma. Me oigo gritar:

–¡Ambulancia!

Luego abrazo el cuerpo de Isaac, y eso me hace más consciente de quién soy y de lo que temo perder. Le abrazo como abraza una mujer de sesenta y cinco años a su único hijo en la habitación 39 de un hotel de Venecia. Así me quedo: encima de él, abrazada a él ahora que nadie nos ve: madre sobre hijo, sin vergüenza. «Soy débil, Isaac», quiero decirle. «Soy débil y sólo te tengo a ti, sólo quiero tenerte a ti porque lo demás me da pereza y también miedo.» Poco a poco una sirena va abriéndose paso entre el silencio que cubre la noche. Es un grito agudo que gradualmente siento más próximo. Cuando esa sirena nos alcance, los años que me queden por vivir serán sólo un desde ahora, un nunca más. Cuando nos encuentren sobre esta alfombra alguien se inventará una historia sobre una madre que pierde a un hijo en una ciudad de agua, ahogada en sus propios errores. Pongo la mejilla contra la de Isaac y al notar su calor entiendo cosas para las que no creía tener espacio y me descubro apenada, sumergida en pena. Elsa. Yo.

–Elsa... –murmuro contra la oreja de mi hijo. Porque no quiero que Isaac se olvide de mí, de mi nombre. Porque existe una Elsa en todo esto, existo sobre esta balsa de hijo y temo dejar de saberlo si Isaac no abre los ojos y no vuelve a pronunciar mi nombre. Elsa.

La sirena desmenuza el silencio y contra el ventanal van y vienen sus luces azules. Suena el teléfono. Alargo el brazo y, sin separarme de Isaac, cojo el auricular y me lo pego a la oreja. Al otro lado de la línea, la voz lejana de Serena me devuelve a la realidad del hotel y por primera vez me doy cuenta de que hace tiempo que no respiro, que sólo espero.

–Isaac.

Es Serena. Su voz querida. Es la distancia que nos separa esta noche la que de pronto me cae encima como un obús, estrellándome entera. Es la ambulancia que se adivina pero que no se materializa y es Isaac inerte sobre el suelo blanco, a veces sacudiendo un pie, un músculo, convulso. Es el miedo. Estoy muda.

–Isaac.

Al otro lado de la línea oigo ahora respirar a Serena y en mi angustia quiero decirle tantas cosas que los músculos de la garganta me anillan la voz, asfixiándome. «Ayúdame, Serena», intento decirle. «Acércate. No cuelgues. Espera.» Muda como estoy, voy combinando letras en un tablero imaginario hasta que por fin la voz da la palabra y esta se ordena sola, primaria y entera. La palabra sale por fin, crujida y breve como un hueso roto:

–Ven.

Isaac abre los ojos en el suelo y gira despacio la cabeza hacia mí. Está despierto, Isaac está despierto y al otro lado de la línea Serena habla pero yo no la entiendo porque sólo tengo ojos para él y porque si parpadeo quizá deje de estar aquí, vuelva a cerrar los ojos y yo ya no pueda volver a llegarle. Entiendo que mi hijo se mueve, que me mira. Entiendo que su mirada no es la que ha sido hasta ahora y me pregunto en qué se transformará a partir de este momento, qué dimensión encontrará. Isaac intenta incorporarse pero no sabe, está desaprendido, desarticulado, y yo corro a ayudarle, tirando del cable del teléfono para no quedarme sola en esto, tirando de Serena conmigo, que sigue chillando al otro lado del mar, de la noche. Dos enfermeros llegan cargados con una camilla, oxígeno, mantas, qué se yo.

Gritos en la habitación. Gritos de urgencia, de emergencia en una lengua que no es la mía pero que suena igual de mal porque huele a desgracia. Isaac me mira. Le cojo de la mano y tiro de él hacia mí antes de que me lo arrebaten los camilleros. Serena se calla. Acerco la boca al auricular y le resumo la noche. Pido. Reclamo. Reúno lo que sé y no sé decir para enroscarme con la voz al cable del teléfono y articular otro roto

—Ven.

Mamá me coge la mano y tira de ella hacia sí. Tiene el auricular en la oreja, callada, resoplando. Me mira.

–Ven –susurra al auricular antes de colgar. Luego dos hombres de blanco me levantan y me colocan en una camilla. A mi lado, mamá se inclina sobre mí.

–Era Serena –dice–. Viene de camino.

Los camilleros hablan en italiano y yo entrecierro los ojos contra el fluorescente del ascensor. Sé que esto es Venecia y que Serena no está. Está donde la dejé hace unos días, prendida de ese instante en que la vi dejar el bolso encima de la butaca del salón y quedarse ahí de pie. Tenía unos ojos grises que, a la luz apagada de esa noche, casi brillaban, amarillos. Le tendí la mano y ella respondió estirando el brazo y cerrando la suya al aire, saludándome desde donde estaba. No respondí. Ella siguió mirándome, todavía con la mano en alto, y sonrió. Se apoyó durante un segundo en el respaldo del sofá y en seguida apartó la mano de la pana blanca. No es mujer de apoyos Serena. Me miró sin dejar de sonreír y preguntó:

–¿Qué estás pensando?

No respondí. Seguí mirándola sin decir nada. Sabía que si aguantaba en silencio unos segundos más, se cruzaría de brazos, arquearía una ceja y diría con una sonrisa y una voz que cualquier otro entendería de fastidio: «Isaac».

–Isaac.

Ahí estaba. Mi nombre desde su voz. Me gustó.

–Que no eres mujer de apoyos.

La sonrisa se descolgó de su mirada. De sus labios no.

–Y que tienes ojos de gato.

Se movió hacia la puerta de la cocina y me habló de espaldas. La adiviné sonriente, quizá retadora.

–Eso es que tuve que aprender a ver en la oscuridad muy pronto.

Eso dijo. Ver en la oscuridad. Muy pronto.

–¿Por qué?

Detuvo el dedo sobre una pequeña grieta que los años habían abierto en la puerta de la cocina.

–No sé si estás preparado para saberlo.

No sabía si hablaba en serio.

–¿Vas a contarme una historia? –pregunté.

Sonrió.

–¿Quieres?

–No lo sé.

–Piénsalo. Te doy cinco minutos.

Se perdió en la cocina y volvió a aparecer cinco minutos más tarde con una taza de té rojo en las manos. Se sentó en el brazo del sofá y me miró.

–¿Quieres?

No supe qué contestar.

–Una vez tuve doce años –empezó con una sonrisa extraña en los labios. En los ojos no–. Volvía a casa del colegio. Era invierno y hacía frío. Un hombre subió conmigo en el ascensor. Era un tipo elegante, mayor. Cuando llegamos al segundo piso, me abrió la puerta, dijo adiós, me tocó la cabeza y el ascensor siguió subiendo con él dentro. Le oí pararse en el piso de arriba. Entré en casa. Dejé la cartera en mi habitación, cogí la merienda, el violín y volví a salir al rellano. Así era siempre: ascensor, rellano, puerta, habitación, violín, puerta, escalera, ascensor. Siempre igual. Siempre a la misma hora los martes y los jueves. Algunos viernes también –se interrumpió durante una décima de segundo y añadió en voz más baja–: Una vez un hombre subió conmigo en el ascensor.

Esperé en silencio. Serena no me miraba. Tomó un poco de té. La oí tragar.

–Volví a verle una semana después, y otra, y otra, siempre los martes y los jueves. Juntos en el ascensor. Una de esas tardes, cuando salí al rellano, él bajó conmigo. Me dijo que seguiría subiendo a pie. Nos despedimos con una sonrisa de vecinos, de esas que se intercambian los conocidos desconocidos. Luego entré en casa, cogí la merienda, el violín, apagué la luz del pasillo primero y después la del recibidor y salí de nuevo al rellano. Estaba oscuro. Pasé de la penumbra del recibidor a la oscuridad más ligera del rellano, cerré la puerta y alargué la mano para encender la luz de la escalera. En ese momento noté una mano sobre la mía, una mano grande, fría, que se cerró sobre mis dedos como una bolsa de aire. No pude chillar, ni moverme. Nada.

No me gustó. No me gustó lo que oía y no quise seguir escuchando. Me removí en el sofá, pero Serena no me miraba. Tuve sed. Se lo dije.

–Tengo sed.

Se pasó la mano por la cara y murmuró algo que no

entendí. Luego alargó los dedos hacia mí. Es un gesto automático en Serena. Alarga los dedos porque le duelen de tanto tocar, de tanto violín.

–Luego noté el calor de un aliento contra mi oído –siguió–. Y una voz con un mensaje tan breve que pareció inventado. «Ven», dijo la voz. «Ven.»

Se había vuelto a mirarme. Me sonreían sus labios, sus ojos seguían fríos. Preferí no preguntar y habría preferido también que no siguiera hablando. No me atreví a decírselo. No quise hacerla callar. Sabía que no me lo perdonaría.

–Supongo que pasaron unos segundos, o quizá fue sólo uno, no lo sé. Cuando pude moverme y llegar al interruptor, el hombre se había ido. No fue más que eso: su mano enorme sobre la mía, su pecho contra el mío y esa oscuridad inmensa tragándoselo todo: mi voz, la escalera, el silencio, el violín, el ensayo, mis doce años. Todo. Encendí la luz y poco después oí la puerta de la calle lejos, muy lejos. Me temblaba tanto la mano que, aunque intenté volver a entrar en casa, no pude meter la llave en la cerradura. Corrí escaleras abajo y me colé en casa de la portera. No podía hablar. Sólo respiraba. Respiraba intentando tragar aire, como una pescadilla. Sin ruido. La portera corrió a buscar a mi madre, que llegó al cabo de muy poco. Cuando entró a la portería, yo seguía boqueando en silencio, buscando no aire, voz tampoco. Buscaba ese segundo de oscuridad en el que de pronto todo se había vuelto mar oscuro, ese hueco que no había tenido que llenar con nada mío, con ningún ruido. Boqueaba buscando ese segundo de no ser yo, de terror desconocido, un miedo descodificado, ajeno a los arrebatos de furia contenida de mi madre y a los extraños excesos de mi padre. Mi madre me puso la mano en la frente y parpadeó como si en la portería acabara de salir el sol.

–Estás ardiendo, hija.

Sí. Estaba ardiendo. Ardía en demasiadas cosas a la vez: en deseos de salir volando sobre mi violín y recorrer las calles de la ciudad en busca de esa mano no querida para que me contara más cosas sobre mí, sobre lo que pasa en la luz y en la oscuridad; en deseos de poder contar mi gran viaje, mi segundo a oscuras en el rellano de la escalera con voz creíble, de oír a mamá preguntarme por mí, de oírla preguntar y vivir tras esos labios tensos y esas caderas anchas que sólo me habían parido a mí, a su niña, a su Serena; ardía en deseos de respirar un aire que no oliera al resentimiento salado del agua estancada en la que se movían papá y mamá, mamá con su torpeza de mujer malquerida, papá con su voz apagada y esa presencia enferma, odiosa. Tenía fiebre, sí, y mamá me subió a casa y me acostó sin preguntar nada.

Respiré más tranquilo. Serena volvió a sorber su té y el septiembre de la ciudad suavizó de pronto el aire del crepúsculo.

–¿Y los ojos? –bromeé–. Te olvidas del amarillo.

Serena dejó la taza en la mesita que estaba junto al sofá con un gesto mecánico. Se quedó en silencio unos segundos.

–Desde esa tarde, aprendí a ver en la oscuridad de la escalera –dijo sin mirarme–. Empecé a buscarle. A él. El aliento, la mano y también la voz. Ese podría ser el principio de esta historia. Pero no lo es. Tampoco es el final.

Me levanté. Serena me miró como si me viera por primera vez y de repente verla así, mirándome de aquella manera, me dio la vida. Aunque no había terminado de hablar, avancé hasta ella y la toqué, y ella se encogió como una anémona asustada. Luego giró despacio sobre sí misma, pegó su espalda a mi pecho, me cogió los brazos y se abrazó con ellos hasta que poco a poco fuimos respirando a la vez, cada uno con su aire, inspirando y espirando lo que quizá no podremos compartir nunca porque Serena no se comparte, no sabe ni quiere. Respiramos a la vez hasta que ella volvió a hablar. Y contó. Y llegó el final del cuento de la niña de ojos de gato.

–No, no he vuelto a recuperar el gris de mis ojos –añadió con la voz menos seca, más agua–. Me aterra la oscuridad conocida, Isaac. La desconocida, en cambio, es ese segundo de mano sobre la mía en el rellano negro de casa de mis padres. Una mano que no dolió, que quiso acercarse nada más.

»Y que a veces echo mucho de menos.

Venecia. Esto es Venecia y desde abajo el techo del ascensor me avisa de que soy un hombre enfermo, de que algo no está bien. «Serena viene», dice mamá. ¿Por qué no está aquí? Ahora la camilla tiembla y el ascensor se agita. Oigo gritar a mamá. La oigo lejos, amortiguada por un parpadeo que es mío. Tirito. Hay luz, hay luz que ya no está y luego estoy yo, apagándome, chisporroteando. Hay poco. Ahora oscuridad. Silencio. Nada.

—Ven.

Es la voz de Elsa que se me repite entre otras que anoche no reconocí. Hace unas horas algo se rompió. Era oscuro y yo seguía colgada del cable del teléfono como si alguien fuera a venir a contarme, como esperando a que alguien colgara o se disculpara al otro lado de la línea. Oí gritar a Elsa, cada vez más lejos, más apagada. Luego llegó el silencio, un silencio que fue abriéndose en círculo alrededor de ese «ven» de Elsa que aún me comprime entera. Anoche supe que Isaac se me iba y nadie me decía dónde. Llamó Elsa y yo la odié por no decirme más, por dejarme huérfana de información. Minutos después de su llamada colgué y corrí a hacer la maleta. Luego me senté junto al teléfono con el violín al hombro y el equipaje a mis pies.

No volvió a sonar.

A las seis he llamado a un taxi. No recuerdo el trayecto al aeropuerto. Recuerdo, sí, el mostrador de facturación y una sonrisa dormida de la azafata de tierra que yo no le he devuelto, aunque eso ahora no importa. Lo que importa es que vuelo a Venecia, que estoy embarazada y que algo me dice que nací mal augurada y que la vida que llevo dentro probablemente también correrá esa suerte; que la llamada de Elsa, como todos los «ven» que se han cruzado en mi camino, invocaba oscuridad. En el hotel me han dicho que Isaac está ingresado en el *ospedale civile* y que Elsa no ha vuelto desde anoche. En el mapa el *ospedale* es una gran mancha marrón y verde que yo no dejo de acariciar con el dedo, y en la mancha está Isaac, entre los canales y la plaza que flanquean el edificio. Entre paredes y agua, Isaac y Elsa: madre e hijo, únicos los dos.

A mi lado, un señor con esposa. Mediana edad. Hablan en voz baja y de vez en cuando se buscan la mano. Se dicen cosas y también se ríen. Cuando ella me ve mirándola, se inclina un poco hacia delante y me sonríe. Le devuelvo la sonrisa como se devuelve una carta equivocada al buzón de la comunidad.

–¿Italiana? –pregunta con voz amable.

–No.

Sonríe satisfecha.

–¿De vacaciones?

–No.

La satisfacción mengua. La curiosidad no.

–Ah, vuela usted por trabajo.

–No.

El señor, presumiblemente su marido, le pone la mano en el brazo en un intento por hacerla callar. Ella le mira, quizá molesta. «Somos vecinos de asiento», parece decirle. «Los asientos se tocan. Los vecinos se hablan.» Él se vuelve hacia mí y me dedica una sonrisa tímida. De mal rato.

Ella insiste.

–¿Es su primera vez en Venecia?

–No.

La azafata pasa por mi lado y me clava la pierna en el codo. No se disculpa.

–Para nosotros sí –anuncia con un suspiro–. Mañana cumplimos cuarenta años de casados y nuestros hijos nos han regalado un fin de semana en un hotel del Lido. Tenemos dos –la miro sin entender y ella se da cuenta–. Hijos, tenemos dos hijos. Un chico y una chica. Él es ingeniero. Se llama Germán. Ella... bueno, ella es... Clara es distinta –resume, buscando la aprobación en los ojos de mi vecino. Pienso en Elsa, en sus recursos de mujer bregada, en su falta de tiempo y de vergüenza. Pienso en Elsa y en esa sinceridad a bocajarro que gusta tan poco de ella y que yo quisiera saber imitar. Pensar en ella me ayuda a hablar.

–No me importa –murmuro. La mujer se echa un poco hacia atrás y se lleva la mano al pecho. Cree no haber oído bien y espera para dejar de sonreír. Repito–: No me importa, de verdad.

Me miran. Hombre y mujer me miran sin comprender y en cuanto me veo reflejada así en sus miradas entiendo que no es eso lo que quiero. No, no es eso. Lo que quiero es que me escuchen, que me den unos minutos de su tiempo para decirles que no puedo hablar de nada que no sea Isaac, porque si dejo de hacerlo temo perderle, descolgarme del cable del teléfono desde el que el «ven» de Elsa me ha dejado condenada a este vacío. Eso es. Envasada al vacío. A mi pecera le han quitado el agua y ahora sólo me quedan las piedras del fondo, que, secas, pinchan.

Viéndolos así, hombre y mujer perfilados en un mismo plano común, viendo la perfecta unión de conjuntos que dibujan y que seguramente han ido adquiriendo con los años –con la paternidad y la maternidad, con lo sufrido, lo disfrutado, lo frustrado, lo agradecido, lo sacrificado y lo maldecido, con la salud y la enfermedad, ese todo que yo no he visto en lo cercano, que nunca vi en papá ni en mamá porque entre ellos sólo había vacío y no conjunto...–, no encuentro la clave que me abra, que me ayude a decir lo que no quiero invocar, ni vivir, ni sufrir. No sé hablar con ellos porque con mis padres no tuve tiempo de aprender a hacerlo, porque no llegué a verlos así, viajando juntos para celebrar el encuentro y la vida en común. De pronto entiendo que quizá tampoco yo llegue a celebrarlo, que desde anoche corro el peligro de no vivir más primeras veces con Isaac y tengo que cerrar los ojos y agarrarme a los brazos duros del asiento para no sumergirme en el vacío que de repente se abre a mis pies. Al hacerlo, cierro una mano sobre el brazo de mi vecino, que aprieta el puño y se tensa entero.

Abro los ojos, me vuelvo hacia él, y hombre y mujer me saludan con una mirada de espera.

–Tengo miedo.

Eso digo. Sólo eso. No sé más. No hay tiempo para más. La voz de la azafata nos despierta desde los altavoces encajados en el techo blanco. Cinturones abrochados, respaldos de su asiento en posición vertical, cuidado con olvidarse algo al bajar del avión, cuidado con el equipaje de mano, cuidado con desobedecer, con el aire acondicionado, con la alfombra rota del pasillo del aparato, cuidado, cuidado, cuidado. Luego lo intenta en italiano y por fin en inglés. Se tropieza tantas veces con su rutina mal dicha que interrumpe la conexión a medio tramo y la oímos reír antes de apagarse del todo.

La mujer vuelve a sonreír. Entiende mal. Pobreniñaconmiedoavolar. Esa es la frase coagulada que pasa por su frente como un anuncio en un cartel de autopista.

–Ay, niña. Podrías haberlo dicho. A mí antes me pasaba lo mismo. No podía coger un avión –mi vecino asiente, más relajado–. Pero hace un par de años hice un curso para perder el miedo a volar y mira –añade, levantando las manos como un ciclista que de repente hubiera soltado el manillar de su bicicleta–, mano de santo.

Veo la mancha del *ospedale civile* sobre mis rodillas. Marrón y verde. Pongo el dedo sobre la mancha y reprimo una arcada que se me mezcla con un sollozo.

–No, señora. No es miedo a volar.

Cejas arqueadas. Las manos siguen en el aire, llenas de anillos y un reloj que debe de haber sido también premio al aguante, a la fidelidad y al mérito femenino.

–¿Ah, no?

–No.

El avión toma tierra y rebotamos contra el suelo, lanzados a toda velocidad por la pista. En la ventanilla, un paisaje feo y gris va pasando por detrás de la cabeza de la mujer, que sigue mirándome, esperando una respuesta.

–Me da miedo llegar –digo. La mujer arruga la frente. No entiende. Ella no entiende y yo no tengo tiempo ni voz para explicar. Mi vecino suspira. La azafata vuelve a la carga desde el techo. Bienvenidos a Venecia–. Y que duela.

Bienvenidos a la ciudad del agua.

IV. Elsa y Serena

Mujer sentada en una silla de plástico con pared de baldosas blancas al fondo. Me duelen las rodillas y necesito fumar. Hace doce horas que no salgo de aquí y no sé lo que encontraré fuera cuando salga porque no sé cómo saldré. Hace unas horas un médico me ha dicho cosas que importan. Las cosas que importan se han quedado suspendidas en el techo de la consulta acristalada porque su italiano no me llegaba. No, no nos entendíamos. Al poco ha llegado la jefa de enfermeras, una chica rubia y flaca que se ha sentado a mi lado y que ha ido traduciéndome palabra por palabra lo que el médico tenía que decir. Se llama Ainoa. Es de Bilbao y trabaja aquí desde hace unos años. Casada con un veneciano. Treinta y tantos. Bonita voz. No sé más. Me ha puesto la mano en el brazo cuando ha empezado a hablar. Supongo que lo hacen siempre. Con todas las que tenemos miedo. Hemos estado casi una hora en el pequeño despacho. El médico llevaba gafas modernas y tenía manos de uñas perfectas, cuidadas, reloj caro. Hablaba en voz baja, como la que se usa para convencer a un niño de que si llora mamá se enfada o con los viejos que ya no tienen mucha guerra que dar. Ha habido preguntas que

123

no recuerdo y que han sido mías. También silencios que yo no he vivido bien y dos palabras que Ainoa ha traducido de labios del médico, tomando aire entre cada una, dejándome suspendida durante unos segundos entre las dos como una trapecista agarrada a su columpio, una trapecista vieja, viendo el suelo desde arriba, sin red.

–Un tumor –ha dicho Ainoa, dándome un apretón en el brazo. El reloj digital de la consulta del médico marcaba las 4:17 de la mañana–. Un tumor cerebral.

Esas han sido las dos palabras que lo han parido todo y que me mantienen aquí, clavada a esta silla de plástico. Luego ha llegado un laberinto de plazos e instrucciones que tiene un doble mal final y que recuerdo a trompicones. El laberinto crea recovecos de setos, caminos falsos y paredes de pena en los que leo cosas que entiendo así: el tumor es tan grande que apenas deja espacio en la cabeza de Isaac. Debido a su tamaño ha ido creando edemas, pequeños moratones o inflamaciones que presionan las conexiones vitales como la vista, la musculatura de la cara, el oído y la respiración. Cuando la presión es demasiada, se producen los brotes o ataques de epilepsia como los dos de anoche, el de la habitación y el del ascensor: el cuerpo tiembla, aparecen los parpadeos descontrolados, insuficiencia respiratoria, patadas al aire, ojos en blanco. Antes ha habido meses de disfunciones leves: el paciente cambia de carácter, parece ausente, lejano. Llega la torpeza, las lagunas de memoria, gestos repetidos, mecánicos, gestos y actitudes que antes no estaban ahí, que no deberían haber estado nunca ahí. Ese «ahí» es la vida de Isaac. Ese «ahí» se me ha dicho a mí, que soy su madre.

–¿Y ahora?

Ahora. Yo he querido empezar a construir. Isaac estaba enfermo, cierto, pero en el despacho del médico había un «ahora» al que yo he tenido que echar mano para no lanzarme al vacío desde mi columpio y romperme en mil pedazos contra el suelo de mi pesadilla. Qué hacemos ahora, qué viene ahora, cómo empezamos a cambiar esto, a curar a mi hijo, a salir de aquí, de estos pasillos de baldosas blancas que ninguna madre debería ver nunca.

El médico se ha quitado las gafas y las ha hecho girar sobre una patilla. A juzgar por la destreza del gesto, no era la primera vez que lo hacía. Ainoa ha bajado la mirada y esta vez no ha traducido porque no ha hecho falta. Desde su castellano suavizado, mi «ahora» se ha resumido en una tercera palabra, que a su vez ha ido creando un laberinto distinto, con otras entradas y otras salidas, con otros códigos que yo desconozco y que ella me ha explicado con paciencia.

–Hay que esperar –ha dicho.

Esperar de esperanza, de sala de espera, de una actitud que sólo aparece cuando sigue habiendo vida y el ahora empieza a anunciar un después, un mañana. He respirado algo, poco pero suficiente.

–Sí, hay que esperar –ha repetido el doctor en italiano, arrugando los labios con expresión de profesional preocupado. Ainoa ha seguido traduciendo. La he oído soltar información desde mi balsa de espera:

–Tenemos que reducir y deshacer en lo posible los edemas para que el tumor deje de presionar al cerebro. Así podremos determinar el tamaño real del tumor y saber si puede operarse.

La he mirado. «¿Y si no puede?», he querido preguntar. No he tenido tiempo. Ella volvía a hablar.

–Podremos operar siempre que sea posible extraer

más del sesenta por ciento del tumor. De lo contrario, y en casos como este, no merece la pena intervenir.

Intervenir. Qué fea palabra. Intervenir en el cerebro de Isaac, no. Hurgar en el cerebro de mi hijo, no. «Curar, sanar», esas son las palabras que quiero oír y a las que tengo derecho. Soy su madre.

–De momento, lo que urge es asegurarnos de que los edemas se disuelvan y de que Isaac no sufra ningún otro ataque de epilepsia –ha seguido Ainoa–. Un tercer ataque en tan poco tiempo podría ser fatal.

Fatal. Eso ha dicho. Fatal, entre estas paredes sucias llenas de ecos de gente que ha entrado y se ha ido antes que yo y que Isaac, quiere decir mortal, quiere decir nunca más. Fatal es final, se acabó. Elsa sin Isaac.

He pedido que me dejaran verle. El médico ha negado con la cabeza y han llegado las prohibiciones, las reglas, la normativa de la medicina seria, la que cura por agotamiento. La fea.

–Isaac debe permanecer aislado cuarenta y ocho horas. No se permiten las visitas, lo siento. Una vez hayan pasado esas primeras horas críticas podrá verle, pero sólo durante media hora al día y totalmente protegida para no ser conductora de ningún tipo de virus. El estado de su hijo es de extrema gravedad, espero que lo comprenda.

Me ha costado esperar a que Ainoa terminara de hablar para mirar al médico.

–A mí me da igual lo que usted espere.

Ainoa no ha traducido. No ha hecho falta. El médico me ha mirado con expresión velada y yo he tenido que preguntar. Necesitaba saber.

–Si llegaran a operarle, ¿querría decir eso que no morirá de esto? ¿Que me iré yo antes?

126

Él ha vuelto a ponerse las gafas.

–No.

Se ha cerrado una puerta. He oído cerrarse una puerta en alguna parte a mi espalda y han pasado unos segundos hasta que he sido consciente de que la puerta estaba dentro de mí, en mi cabeza. Y de que no había llave, ni cerradura.

–¿Por qué?

Ainoa se ha puesto las manos sobre las rodillas y el doctor ha ladeado la cabeza, quizá para hacer menos daño, para parecer más niño.

–No puedo responderle a eso. Primero tenemos que ver cómo está colocado el tumor y las posibilidades que ofrece la operación. En cualquier caso, puede que operando sólo logremos alargarle la vida unos meses, quizá unas semanas. No lo sabemos todavía.

Con eso me he quedado a las 4:18 minutos de esta madrugada de septiembre. Con eso y con las cuatro palabras con las que, desde que Ainoa me ha acompañado hasta aquí, después de haber intentado en vano convencerme para que vuelva al hotel, hago mil combinaciones en un crucigrama imaginado sobre las baldosas de la pared de esta sala de espera inmunda. Cuatro palabras como las cuatro cuerdas del violín de Serena.

Tumor. Cerebral. Esperar. Ahora.

Hasta ahora, ya media mañana, ninguna de las combinaciones que consigo formar con ellas sobre la pared me sirve. Ninguna salva nada. Tengo miedo. Tengo tanto miedo que desde anoche ni siquiera tengo hambre, ni sueño ni sed. No tengo nada porque tengo a mi hijo aislado, solo con su tumor, y porque me he quedado coja de él. Desde que estoy en esta sala vacía he visto pasar enfermeras, médicos y camillas por el trozo de pasillo que enmarca la doble puerta de madera. Ainoa ha venido dos veces. Me ha traído un té en un vaso de plástico y se ha sentado conmigo un rato, pero yo no he sabido qué decir. El silencio compartido es mal regalo en la sala de espera de un hospital y ella lo sabe. La segunda vez ha sido ahora. Se sienta y vuelve a ponerme la mano en el brazo. No habla. Yo sí. No recordaba mi voz tan cascada, tan vieja. La veo rebotar contra las baldosas blancas de la pared hasta volver a mí y salir despedida de nuevo como una arcada.

–Tengo tanto miedo que ni siquiera puedo sentirme culpable.

Se vuelve a mirarme. Noto su perfil girándose lentamente hacia mí. La mano me aprieta el brazo.

–Debería descansar, Elsa. Necesita dormir un poco.

No la miro.

–¿Se va a morir?

Arruga la boca.

–No lo sé.

–¿Si lo supieras me lo dirías?

Suspira antes de hablar. Por la nariz.

–No, no se lo diría. Todavía no.

Hay en Ainoa un halo de blancura que no se lo da el uniforme. Está en su voz. En su pelo rubio.

–¿Te puedo pedir un favor?

–Claro.

–Tutéame. Si vas a ser la que me diga que mi hijo va a vivir o no, creo que deberías tutearme.

De pronto sonríe. Es una sonrisa tan triste, de una tristeza tan acostumbrada, que la embellece.

–De acuerdo.

Silencio. El runrún cotidiano de una mañana cualquiera en un hospital cualquiera se adivina más allá de las puertas de la sala de espera. Me pregunto por qué no hay nadie en la sala. Dónde están los demás. Dónde las otras madres, las novias, los amigos, los que velan. No puedo ser yo la única. Ainoa se remueve en la silla y tensa las piernas, a punto de levantarse. No quiero. No quiero que se vaya. Las baldosas blancas me están volviendo loca.

–Además de hijo, Isaac es mi único amigo –Ainoa relaja los músculos y junta los pies. Cierra la mano sobre mi brazo–. No tengo más. Sólo a él.

Pasan dos enfermeras por delante de la puerta. Una de ellas se vuelve a mirar. Saluda a Ainoa con la mano y una sonrisa alegre que desaparece tras ella como una lagartija asustada.

–¿Sabes por qué?

–No, no lo sé.

–Porque para tener amigos hay que tener tiempo. Hay que haber vivido, y yo he estado ausente muchos años.

Me mira. No me entiende.

–Empecé a beber cuando Isaac tenía nueve años –le digo. Ella parpadea–. Lo dejé hace tres. Cuando salí de la clínica, sobria por primera vez del todo, no podía caminar. No sabía. Había estado tanto tiempo sentada en el salón de mi casa que había perdido la masa muscular de las piernas. Diez años de mi vida sin pisar la calle, sin ver la ciudad. Durante el trayecto a casa desde la clínica no reconocía lo que veía, ni las tiendas, ni las paradas de autobús, ni siquiera el color de las aceras. Desde la ventanilla del taxi me sentía como un bebé viejo. Creí que no podría volver a salir ahí fuera y darme una segunda oportunidad. No me veía capaz. No tenía a nadie. Sólo estaba Isaac. Y Serena, claro. También estaba Serena.

Aunque Ainoa ya ni siquiera parpadea, sé que espera una explicación. Está Serena, claro. ¿Dónde está Serena? ¿Dónde la he dejado? La mano de Ainoa me pesa sobre el brazo. Serena hace falta aquí. Es la quinta palabra, ella y su violín. Estaba al otro lado del teléfono que no tuve tiempo de colgar. Se me quedó ahí, en espera. De pronto me palpita la cabeza. Tengo que hablar con ella. Tengo que buscarla. ¿Cuánto tiempo ha pasado desde anoche? Me levanto de la silla y siento que el pantalón se despega del plástico duro con un chasquido. Ainoa se levanta conmigo, sin soltarme del brazo.

–Elsa –dice, tirando de mí–. Elsa, ¿qué pasa?

Avanzo despacio hacia la puerta. Siento las piernas dormidas y los pulmones pequeños. Me he dejado a Serena por el camino, colgada de un hilo que ahora tira de mí hacia la calle, hacia algún sitio donde pueda encontrar un teléfono y llamarla. ¿Y mi bolso? ¿Y mis cosas? ¿Y mi tiempo, el que la vida me debe por tenerme aquí encerrada, esperando noticias de Dios? ¿Y Serena?

–Serena –balbuceo–. Tengo que hablar con ella. Tiene que saber.

La voz de Ainoa ha perdido esa calma blanca que ahora se desvela como profesional. Hay firmeza en esa voz, años de casos como este, de viejas desmemoriadas que de pronto ven una salida al laberinto pero que no tienen la fuerza suficiente para llegar a ella. Viejas solas que se inventan nombres para no volverse locas de miedo. Ainoa cree que Serena es un espejismo en mi laberinto y se vuelve enfermera. Habla desde lo aprendido y me hace bien. Me ordena en mi desorden.

–Tranquila, Elsa.

No. Tranquila no. Yo no. Ahora no. Ainoa me lleva

despacio del brazo como si la enferma fuera yo, como quien pasea a una loca, engatusándola para que ejercite un poco las piernas en el jardín del manicomio antes de la visita de algún pariente. Quizá me he vuelto loca y esta sala es mi celda. Quizá este dolor, esta pena anticipada que me acogota desde la garganta es nada. Invención. Demencia.

Pero al cruzar la puerta y salir al pasillo, la locura se desvanece como una pompa de jabón sucio. Ainoa me agarra del brazo y yo me apoyo en ella. Levanto los ojos del suelo y llega la cordura como una bofetada de viento. Llega el Ahora. El Tumor. El Cerebral y el Espera. Al fondo del pasillo, contra la cristalera de planta, la figura de Serena se recorta contra el blanco de los fluorescentes. Está de pie, de blanco ella también, con un suéter sobre los hombros, una maleta a los pies y el violín en la mano. Está aquí y con ella aquí yo no estoy loca, ni sola. Con ella aquí soy la madre que espera noticias de un hijo enfermo, real, física. Levanto la mano y estiro el índice despacio para apuntarla con él. Junto a mí, la presencia de Ainoa se encoge sobre el suelo brillante del pasillo. Hay un silencio espeso, como si el edificio entero hubiera callado de pronto, a la espera de ver lo que se anuncia desde mi dedo. Es un silencio que Ainoa respeta mientras gira la cabeza y me mira. Al fondo, Serena no sonríe ni se mueve. Espera ella también. Tengo tan poco aire en los pulmones que por un instante busco a tientas la mano de Ainoa. No la encuentro. Me vuelvo a mirarla y por fin logro oírme decir:

–Serena.

Y cuando oigo su nombre sé que ya no hay marcha atrás, que estamos aquí para sufrir juntas, ella con su silencio de pez, yo con mi miedo y con esta culpa que empieza a dibujarse en algún rincón de mi cerebro y que tiene un sabor y un olor que no reconozco pero que creo adivinar. Pena. Es el sabor y el olor de la pena. Necesito sentarme. Necesito a mi nuera a mi lado para compartir estas cuatro palabras entre las que no encaja el nombre de mi hijo y que me están volviendo loca. También sus ojos amarillos para que miren por mí.

–Serena.

Avanza. Serena avanza hacia mí con su maleta y su violín sin apartar sus ojos de los míos, deslizándose sobre el suelo del pasillo como algo marino, casi sin levantar los pies. Ella viene y Ainoa me coge la mano y aprieta porque le cuesta creer que el momento vivido sea real, le cuesta vivir esto, estos segundos en los que el pasillo se ha llenado de agua limpia, convirtiéndose en pecera para que Serena nade hasta mí y yo pueda volver a respirar. Cuando Ainoa cuente lo que ha vivido durante estos segundos quizá no la crean porque esto puede contarse sólo con una palabra, con tres letras que yo no pronuncio para no romper el encanto y hacer añicos lo que Serena viene a traerme. En la yema de mi índice Serena lee lo que no digo: «Ven», dice mi dedo. No «ven aquí», no «ven que tenemos que hablar». Mi «ven» son las siglas que nos unen en un «Vivir Este Naufragio» que las dos conocemos bien. Yo quiero a la mujer que se acerca a mí ondulando el pasillo a su paso porque su existencia le hace bien a la mía, ahora más que nada en el mundo.

La mano de Ainoa aprieta la mía. Me hace daño, pero no me importa. Serena está delante de mí como una mata de algas en una playa olvidada. Hay tanto miedo en sus ojos amarillos que al mirarla lo confundo con el mío y durante un instante me pierdo y no sé por quién temer, por quién doler. Ella levanta la mano y la cierra alrededor de mi dedo, devolviéndome el aire y el calor. Luego, poco a poco, se acerca a mí y apoya su pecho en el mío sin soltarme el dedo, que queda, envuelto en su mano, entre las dos. Desde arriba somos dos mujeres, una joven y otra vieja, apoyadas la una a la otra, contra la otra. Siento su respiración en el oído, su corazón sobre el eco del mío. Y siento también su voz, su murmullo de agua, su pregunta:

–¿Se muere?

Y yo no puedo darle una respuesta porque si se la doy le daré la vida y también daré permiso para que todo suceda. «Tienes que luchar, Elsa», me digo. Y para luchar una madre tiene que saber callar como he callado yo durante estos últimos treinta años, desde esa maldita noche en que encontré a Álvaro medio dormido entre el vaho y el anochecer, empezando ya a flotar en la bañera, con el agua en la barbilla y la vida fuera de cobertura. Una madre tiene que cerrar la boca, ahogarse si es preciso, tragar mierda, sal, tierra, lo que sea antes de reconocer en voz alta que su hijo se muere, que el tiempo se equivoca. No, no puedo oírme decir lo que sé porque en cuanto lo diga me daré por vencida y empezaré a penar, y no estoy preparada. Pero Serena espera. Ha venido a saber, a quedarse. Serena es fuerte. No se rompe porque es toda cartílago, no hay hueso en Serena.

Antes de que vuelva a preguntar, bajo hasta su estómago el dedo al que ella sigue agarrada, le rodeo con él la cintura, y a la pregunta de si Isaac se nos muere, le dibujo con mi yema en la espalda un sí de dos letras opuestas: las dos curvas de la ese contra la antorcha prendida de la i. Mi dedo y su mano dibujan al unísono lo que vendrá sobre su espalda y en cuanto ella entiende el dibujo, el diseño, se atraganta en el pasillo como si hubiera recibido un arponazo por detrás, envasándose al vacío, tensa como un bambú. Me aprieta el dedo y vuelve a acercar su boca a mi oído.

–No.

No dice nada más. Sólo «no». Un «no» seco como un disparo, lleno de rabia, un «no» de niña consentida, con eco. El pasillo del hospital se llena entonces de una ristra de noes y yo me alegro de verme así, en brazos de Serena, en buenas manos. Respiro hondo y siento que de pronto ha vuelto el aire. Hay aire y hay Isaac respirándolo para seguir con vida. Serena dice «no» y yo la creo porque si no la creo a ella tengo que creer lo que me dice la sangre, y la mía hoy se equivoca. «No», dice, y antes de poder volver a dibujar, de poder pensar, sentir, intuir... antes de poder rezar, entro con ella en una dimensión hasta ahora desconocida, no vivida, prohibida entre las dos a pesar del pasado común, del cariño, a pesar de todo. De pronto, siento reposar su barbilla en la curva de mi cuello y luego va cerrando sus brazos sobre mí hasta envolverme entera, ligera en su abrazo, no en su respiración, no en la mandíbula encajada contra mi clavícula. Hay un abrazo entre nosotras y yo siento pena por ella. Por mí también. Pena porque tengo abrazada a mí a una mujer joven y frágil que no sabe abrazar y porque de pronto, en un chispazo de lucidez, me doy cuenta de que no saber abrazar no es siempre sinónimo de no saber querer. Es no saber decir. Es miedo a querer demasiado.

–No –vuelve a murmurar contra mi cuello. Y esta vez oigo ese «no» en el estómago, entre sus costillas y las mías. Esta vez oigo muchas cosas, reconozco muchas cosas que hasta ahora no había sabido ver. Por encima del hombro de Serena, Ainoa me mira con los ojos llenos de agua, agarrada todavía a mi mano. Por encima del hombro de Serena está el pasillo de techos salpicados de humedad, y en algún rincón de este pequeño mundo de baldosas blancas, de crucigramas por rellenar, está Isaac, aislado, lejos, luchando contra el tiempo, o quizá no, quizá él no luche, quizá no tenga miedo, no vea, no nada.

Hace años, muchos, vine a Venecia a penar una muerte, a ahogarla entre estos canales para intentar volver a la vida y empezar de cero. Lo hice mal porque lo hice sola, partiendo de lo imperdonable, o de lo que yo no sabía cómo perdonarme. En aquel entonces intenté enterrar mi secreto en agua y me equivoqué. El agua de Venecia esconde ya demasiada oscuridad y en el limo de la laguna no hay espacio para más. Venecia se levanta sobre los secretos y errores de los que quisieron venir aquí a olvidar y la ciudad se hunde sobre ellos. Yo enterré mi horror en agua y el agua me lo devuelve así, aquí de nuevo. Tengo un hijo. Quizá tenga que dejarlo aquí. Despedirlo aquí. Maldita ciudad.

Desde la ventana de Elsa se abre un laberinto de tejados y paredes húmedas asomadas a un pequeño canal que se pierde a lo lejos en un recoveco gris. Elsa duerme en la cama, arropada por la sábana amarilla de algodón casi transparente mientras cae la noche. No las recordaba así, ni la noche ni Venecia. No recordaba este olor, este color violeta. Hemos vuelto al hotel dando un paseo, apenas diez minutos cruzando dos puentes y una plazoleta vacía. Antes ha habido horas compartidas, encerradas las dos entre las baldosas blancas de la sala de espera, a veces calladas, a veces no. Elsa ha ido ordenando todo lo vivido desde anoche: los dos ataques de Isaac, los músculos sincopados, los pulmones cerrados, faltos de aire y de voz, el trayecto al hospital, la espera, el diagnóstico, las manos del médico, no su nombre, su nombre no lo recuerda y se frota la frente como si no acordarse de ese nombre fuera una falta grave. Me ha contado como lo cuenta todo desde que salió de la clínica hace unos años, sobria y aparentemente renovada, flaca como una hoja de afeitar. Me ha contado en desorden, acumulando datos y emociones que ella misma ha ido reordenando a medida que hablaba, parándose poco en los detalles. Ha hablado del dolor. También de la pena, de la rabia. Ha hablado de Isaac como quien habla de un amigo íntimo que se ha ido de viaje y que de pronto llama en mitad de la noche desde un aeropuerto remoto, pidiendo ayuda porque le han robado el pasaporte y no sabe hacerse entender. Elsa ha hablado para no descontarse con los ojos fijos en las baldosas blancas, los dientes apretados. Cuando ha terminado, han vuelto a planear el silencio y las horas muertas, fijas las dos en el suelo reluciente de la sala de espera como dos boyas en una dársena olvidada.

–No volváis hasta mañana –ha dicho Ainoa después de acompañarnos hasta el inmenso portalón acristalado de la entrada–. Aquí poco podéis hacer y necesitáis descansar.

Elsa se ha parado al otro lado de la puerta, ya en la calle. Había preguntas en su mirada, pero ninguna palabra. Ainoa ha vuelto a hablar.

–Yo misma os avisaré si hay alguna novedad, estad tranquilas.

Elsa le ha tendido la mano y le ha dado un apretón en el antebrazo. Ainoa ha tensado los labios en una sonrisa tan forzada que no he podido devolvérsela. Luego hemos echado a andar. Elsa me ha traído aquí, se ha sentado conmigo junto a esta ventana y hemos pasado unos minutos escuchando caer la última luz de la tarde. Hay pocos turistas en esta parte de la ciudad, o quizá es la ventana, o nosotras, las que alejamos sus pasos. Quizá nos presientan desde su ilusión de paseantes a la aventura. Hasta hace unos minutos en esta ventana hablaban dos mujeres. Hemos dicho cosas en las que ahora no quiero pensar y que sólo repetiré para que no se me olviden nunca. Y hemos dicho verdades, y medias mentiras, jugando a rellenar un crucigrama de silencios, espera y compañía.

Ha empezado ella.

–Estuve aquí hace treinta y tres años. Hoy. Hoy hace exactamente treinta y tres años.

–Ya lo sé.

No me ha mirado.

–No. No lo sabes, no lo entiendes –ha dicho sin levantar la voz ni los ojos–. Cuando digo aquí, me refiero a aquí: a esta habitación y a esta ventana.

No he sabido qué decir. La primera palabra del crucigrama la ha puesto ella con su doble «aquí». Ha seguido hablando y yo he callado, fuera de juego, a la espera.

–Álvaro acababa de morir y yo estaba a punto de empezar a beber. Pasé seis días encerrada en esta habitación, sin hablar con nadie, desayunando delante de esta ventana, comiendo y cenando también pegada a esta vista.

–¿Por qué aquí? –la he interrumpido–. ¿Por qué Venecia?

Ha soltado una risa seca y se ha llevado las manos a las rodillas.

–Porque Álvaro la detestaba. Decía que una ciudad sin cimientos es como una mujer sin caderas. Yo sabía que aquí no me encontraría.

De pronto he sentido un escalofrío. No me ha gustado el tono, su voz tampoco. No me han gustado esas manos huesudas de nudillos blancos.

–Álvaro estaba muerto cuando viniste, Elsa.

Se ha girado y me ha lanzado una mirada furiosa.

–Álvaro era un hijo de puta como tú no podrás llegar a imaginar nunca, niña.

Hijo de puta. Esa es la expresión que se ha sumado

a las casillas del crucigrama. Pero había más. No había terminado.

–Estaba muerto cuando vine, sí –ha dicho, bajando de nuevo los ojos. Había un pequeño suspiro en su voz, una toma de aire casi imperceptible que a mí me ha cortado la sangre–. Y tendría que haberlo estado mucho antes, créeme.

Mucho antes, dice. ¿Antes de qué?, he querido preguntar. ¿Antes de dónde? ¿Dónde estás, Elsa?

Se ha retorcido las manos y ha respirado por la nariz. Luego ha llegado la respuesta.

–Mucho antes de haber empezado a no quererme y de malquerer a Isaac. Mucho antes de muchas cosas –me ha mirado, calibrando el efecto de sus palabras en mí, antes de seguir–. Tendría que haber muerto muchas veces en los últimos años que estuvimos juntos: después de cada bofetada que Isaac recibía sin entender, sin merecer; después de cada insulto, de cada desprecio; después de cada burla, de cada sonrisa torcida, de cada amenaza velada y no tan velada. Desde muy pequeño, a ojos de Álvaro Isaac hablaba mal, se movía mal, era torpe, lento, bobo, frágil, débil. Isaac era mío y eso era un mal acuerdo, eso era robar, estafar, empujarle a él a un lado de su propia vida, de esa que tanto se había esmerado en planear, en diseñar sin contar con la suerte dormida, con la torcida. Isaac era mío. No quería ser de nadie más, no necesitaba a nadie más. Álvaro no perdonaba lo que no entendía. Era un hombre inseguro, tanto en el éxito como en el fracaso. Cuando sus obras empezaron a ir mal, cuando los teatros fueron poco a poco dándole la espalda y cada vez le resultaba más difícil encontrar productores que confiaran en él, su inseguridad fue abarcándolo todo, incluyéndonos a nosotros. Las cosas se torcieron, nosotros nos torcimos, los tres, la familia, la pareja, él y yo, Isaac y él. Llegó el infierno. Llegaron las épocas de tristeza, la autocompasión rebotada contra los que estábamos más cerca, un par de intentos de suicidio que no prosperaron porque eran sólo eso, intentos, ni siquiera reclamos de atención. Sabía que tenía toda la nuestra, cada vez más niño, compitiendo por la infancia de Isaac y pidiendo un cariño que yo intentaba inventar para él pero que sólo me salía con Isaac. Llegó el infierno, sí. Vivimos en el infierno de Álvaro, instalados Isaac y yo en él por mi culpa, por mi incapacidad de dejarle, de defender lo que era mío, mío por parido.

En una de las ventanas abiertas de las paredes que se ven desde la habitación una mujer cuelga ropa. Es ropa blanca, limpia contra la humedad embrutecida que trepa por todas las caras de esta ciudad desde el agua. La mujer cuelga prendas sobre los hilos como yo he colgado las palabras de Elsa sobre mi memoria, una a una, asegurándolas bien para que no se me cayeran, aprendiendo a reescuchar a la madre de Isaac, a la que fue, a la que es y a la que recuerda haber sido. Ha habido unos segundos de pausa tras su largo discurso. Luego he vuelto a oírla. Dos frases que me han clavado contra la ventana. La primera:

–Luego Álvaro se ahogó y yo pasé seis días encerrada en esta habitación, sola y en silencio, rodeada de agua.

Álvaro se ahogó. Eso ha dicho y la información no ha encajado en la historia oficial. No, algo no ha encajado y Elsa lo ha visto en mis ojos. No sabía yo eso. Hasta ahora el padre de Isaac había encontrado una muerte accidentada: una cabeza rota contra el borde de la bañera en una noche de mala suerte. Mala muerte.

140

No, no sabía yo eso. Elsa se ha encogido de hombros, alerta durante unos instantes. «No lo sabías», me han dicho sus hombros huesudos, elevándose a ambos lados de su cuello como las alas cerradas de un murciélago. Y luego: «Pues ahora ya lo sabes». He querido preguntar. No me ha dejado.

La segunda frase ha sido a la vez una confesión conocida y una pregunta. Una invitación:

–Cuando volví a Barcelona empecé a beber. ¿Sabes por qué?

–No.

–Porque en cuanto llegué a casa empecé a oírle. No su voz. Empecé a oírle respirar como le había oído hacerlo en la bañera antes de cerrar la puerta del baño y dejarle dentro para volver al hospital con Isaac, flotando como un madero viejo. Al poco de llegar de Venecia, Álvaro empezó a respirar de nuevo, la casa respiraba con él, hinchándose y deshinchándose en cuanto me quedaba sola, respirándome con él. El aire de mi casa no me cabía porque seguía ocupado por él y hacía ruido, un ruido espantoso que no me permitía oír nada más. Sin él en vida yo seguía sumida en el infierno, y seguía con él. La primera vez que me emborraché fue en casa y lo hice sola. Me tumbé en la cama y bebí hasta que por fin dejé de oírle. Fue tal el vacío, la paz que sentí cuando llegó el silencio, que supe que tendría que vivir así y no me importó. Creí que bastarían unos días, unas semanas quizá. Creí muchas cosas que no se cumplieron. Pasaron treinta y tres años hasta que Isaac y tú me ingresasteis en aquel espanto de clínica.

Elsa me ha mirado entonces con unos ojos de pena tan turbia que ni siquiera he podido ver reflejada en ellos la mía. Eran los ojos de una mujer mayor, de una mujer que dice la verdad porque decide no mentir. Me ha mirado y me ha tocado el brazo con una suavidad que yo no recordaba en ella.

–¿Y sabes lo peor?

Ay. Fea pregunta. He querido decirle que no, que yo no, que a mí no. He querido decirle que quizá me haría daño saber. Que lo peor no. No no no no.

–No.

–Lo peor es que desde que Isaac te tiene a ti estoy llena de recuerdos y no tengo a nadie con quien compartirlos, nadie que entienda, que me entienda de verdad. Estoy tan sola que he tenido que hacerme amiga de mi propio silencio y eso, a mi edad, es feo, está feo, niña, y no ayuda a vivir. Lo peor es que ya sólo me queda lo que me queda de Isaac porque tuve que escoger entre Álvaro y él y ahora esta vida hija de puta quizá me lo quite y me quede sin el tormento de la respiración del padre y sin las ganas de vivir del hijo.

La mujer ha terminado de tender la ropa y se ha resguardado tras los cristales sucios de la ventana. Nos hemos quedado solas las tres: Elsa, Venecia y yo.

–Lo peor, niña, es que si perdemos a Isaac, tendré que pedirte que no te me vayas lejos, aunque sólo sea para oírte respirar a mi lado, oírte tocar tu violín, sólo de vez en cuando, sin molestarte, aunque sea a escondidas, porque si no me volveré loca de pena y también de culpa, y porque no quiero quedarme así de huérfana a los sesenta y cinco años. No lo entendería, no sabría cómo.

Elsa, Venecia y yo acurrucadas sobre la laguna, contando y descontando, cada vez más hundidas, más húmedas, más líquidas. Y también la tarde, que se ha hecho ya noche en la ventana entre las sílabas de Elsa. Bajo su voz de limo.

–Lo peor es que tengo tanto miedo, he vivido durante tantos años bebiéndome el miedo a doler, que ahora no sé dónde buscar las lágrimas para lo que vendrá. Si Isaac muere aquí con nosotras, entre las dos, quiero que me prometas que no me juzgarás si no me ves llorar –ha bajado la cabeza y ha añadido con un murmullo–: No me juzgues, niña, porque es que no sabré.

He tragado saliva. Aire no. No me cabía.

–Y quiero también que llores por las dos. Y que no me dejes sola. Que no me sueltes.

Desde que Elsa se ha levantado de la silla y se ha tumbado en la cama, acurrucándose en la sábana amarilla y haciéndose un ovillo de espaldas a la ventana, la noche ha empezado a doler más. Duele Isaac lejos de aquí, bajo la cúpula marrón del hospital. Duele esto porque no sabía que Elsa fuera tan madre, tan frágil y tan carente. Duele que me pida llorar a mí, a mí que perdí el color de los ojos para ver mejor en la oscuridad, para que no se me viera mirar. Y duele que me pida doler juntas. No sé si quiero. Ni si puedo.

Elsa duerme de espaldas a mí. La oigo respirar y me siento acompañada por su respiración, sabiendo que compartimos aire, miedo y dolor. Esta tarde estoy acompañada por una mujer mayor que mañana verá a su hijo durante media hora, un hijo que quizá no la vea, no la oiga, no la sienta, y por un segundo pienso que me gustaría quedarme así, enmarcada en esta ventana y en este momento, que no llegue mañana, seguir mecida en la respiración dormida de esta madre que quizá no haya vivido bien, pero que se prepara para lo peor.

Gorro verde. Bata de papel atada a la espalda. Protectores sobre los zapatos. Mascarilla en nariz y boca. Manos y cara recién lavadas en el pequeño cuarto de baño que antecede a la cámara de aislamiento. La mascarilla huele a papel reciclado. Ainoa me acompaña hasta la puerta. Antes de dejarme entrar me da las últimas instrucciones.

–Sólo media hora. Puedes tocarle las manos, cogérselas si quieres, pero si lloras, aléjate. Cuantos menos fluidos, menor es el peligro. Nada de besos, ni siquiera con la mascarilla.

Esa es la consigna. Treinta minutos hoy, treinta mañana. Hay que esperar para más. No hay besos. Hoy entro yo. Elsa me ha pedido que empiece yo. Entro cubierta de verde a una cámara casi vacía. La cama está en el centro, apoyada contra la pared. Junto a ella parpadea un laberinto de aparatos, luces y cables que envuelven a Isaac en un capullo de plástico y tubos. Suena un bip entre otro más grave, intercalados entre los treinta minutos que aparecen de pronto en un reloj digital situado sobre el gran ventanal que da al pasillo. Desde allí Elsa me mira con la frente pegada al cristal. El reloj se pone en marcha y empieza la cuenta atrás. En digital. 29:59, 29:58, 29:57... El tiempo aquí está también aislado para que no contagie nada que venga de fuera. El tiempo se acaba en cuanto los dígitos aparecen en pantalla y tengo que darme prisa. Me da miedo respirar.

29:30 – Isaac está inconsciente y yo tengo medio minuto menos. Sentada en la silla que está junto a uno de los monitores, le acaricio la mano con los dedos, pero tiemblo tanto que reboto sobre sus nudillos y me recojo asustada. Un instante más tarde vuelvo a intentarlo. Esta vez aterrizo con suavidad y trago como puedo porque tengo tantas ganas de llorar que por un momento los treinta segundos se me enquistan entre un pulmón y el otro y no me veo capaz de mantenerme así, en silencio y sin llorar. Pero también hay que respirar.

27:00 – O lloro o hablo. Elsa nos mira desde el cristal, apoyada en él con las dos manos. No me importa. Su presencia me acompaña y yo tengo que hablar, aunque quizá no sirva, aunque hable para mí. Tengo que hablar para no arrancarme todo este papel verde que me cubre y acurrucarme desnuda junto a Isaac, viva o no, dure o no, respire o no. Tengo que hablar, sí. Me escuche o no.

24:00 – No sirve. Muevo la boca, gestiono músculos, paladar, tráquea, mandíbula, alvéolos. Por mucho que me empeño, no hay voz. Serena no tiene voz porque hace muchos, muchos años, tuvo que elegir entre la voz y la música y eligió callar. Preferí tocar y entendí cosas que ahora veo en los ojos de Elsa al otro lado del cristal. Elsa me busca con la mirada, descontada también en los minutos que se me van yendo, y sé que lo siente por mí, que me sabe ver desde el otro lado.

21:00 – Pena. Tengo pena porque estoy con Isaac y me pierdo si no me mira. Sin sus ojos me siento mal vista. Pena es que duelo yo porque, como Elsa, tampoco sé llorar. Pena es una pecera llena de agua dulce en la que un solo pez llena de besos los cuatro cristales que lo encapsulan hasta darse cuenta de que los besos no son tales. Son gritos ahogados. La máquina respira por Isaac y yo tengo tanto que decir que me acurruco contra su brazo y me vuelvo hacia Elsa, que ahora separa una mano del cristal y encoge los dedos hacia ella, invitándome a ir. «Ven», me dice su mano, «ven que te diga, que te cuente algo que tú no ves porque estás dentro. Ven que te enseño. Ven, acércate. Tengo algo para ti».

16:15 – Elsa me ve avanzar hacia ella y crujen la bata y las zapatillas sobre el linóleo. Cruje Serena hacia el cristal de esta pecera porque alguien tiene que darme un poco de voz y tiene que ser desde fuera. Al otro lado, Elsa sigue con sus manos abiertas de nuevo pegadas al cristal, blancas de tanto apretar, llenas de verdades redichas y a medio decir, de consejos no dados, no escuchados, de ruegos y preguntas. Elsa se pega al cristal con la frente y con las manos como sólo puede hacerlo una madre que reza aunque no se acuerde de ninguna oración, una madre arrugada. Cuando por fin llego al cristal, acerco mis ojos a los suyos y leo sobre el puente abierto de sus cejas el caudal de su frente, con sus pliegues y arrugas.

13:45 – «Su mano, Serena. Su mano.» Ese es el mensaje. Su mano, la de Isaac. Hay poco tiempo y Elsa lo sabe.

Me mira durante unos segundos más, cierra el puño, da media vuelta y desaparece del cristal, dejándome a solas con Isaac, y yo recorro la escasa distancia que me separa de la cama y de mi silla, encontrada, rehecha.

10:25 – La mano de Isaac. Sobre la espalda tiene clavado un arpón que le alimenta y le calma, sedándole contra la enfermedad. Hay arrugas, sí, y hay también cuatro líneas rectas y curvas como las cuatro cuerdas de un violín. Hay un arco que es la uña de mi pulgar y está esta voz que no se oye, pero que es mía cuando toco y que Isaac supo entender desde el primer día. El primer día toqué para él en la calle, después de un largo paseo. Él me lo pidió y yo quise ver sus ojos al oírme tocar. Quise ver si algún día podría entenderme, acercarse. Cuando terminé, él no dijo nada. Me quitó el violín de las manos, volvió a meterlo en la funda y me tomó de la mano. Nada más. Me gustó esa mano. Me dio calor y me dijo cosas. Ahora vuelvo a esa mano con el pulgar y encuentro estas cuatro cuerdas tatuadas en la palma. No sé hablar porque elegí tocar. Isaac me da la mano y yo toco para él, aislados los dos en esta pecera. Solos entre nosotros. Tanta paz...

08:00 – La primera línea es la más cercana a los dedos. Al rozarla hay música sencilla. Te he querido mucho, Isaac. Tanto que a veces no me he atrevido a más por miedo a dejar de ser yo y no ser reconocible. Toco esta cuerda con el arco de la uña y escribo sobre ella lo feliz que soy contigo, desde ti. Hoy hace sol en Venecia, Isaac, y quizá no podremos volver a hablar porque no regreses. Hoy hace sol y creo que si te vas no habrá más días despejados. La primera cuerda de tu palma te pide que no te vayas, que me des tiempo para ser un poco más de mí sin ti. Necesito tiempo, cariño.

06:00 – La segunda línea suena suave y también aguda, aunque menos. Para oírla hay que saber oír. No música, no. La música no se oye, se ve. La segunda cuerda que te cruza la mano es el niño que llevo dentro, el nuestro, pero no es sólo eso. Cuelgan de esa línea mis miedos a ser madre, a ser como mi madre, también como la tuya; cuelga de esa línea el compromiso a estar siempre, a no fallar. Y el temor a no llegar. La segunda es la línea del por favor, Isaac, la de la amiga pidiéndole consejo al amigo que sabes ser. «Te entiendo», me dijiste una vez. Y yo te creí porque era verdad. No lo oí de tus labios, lo vi en tu forma de relajar los hombros, en el peso de tu cuerpo sobre tu pie derecho. Tú me entiendes antes de quererme, y yo te quiero porque no entiendo cómo has podido llegar a quererme tanto. A mí. A Serena. A Serena y su violín. Si te vas ahora, se me va el amigo, el que me ve. No te vayas.

04:00 – La tercera línea. Cuando mi uña pasa por ella, vibra como un misterio por resolver. Es la cuerda de mis cuentas pendientes contigo, de lo que hemos ido imaginando juntos durante estos años. Es la línea de los dos, el camino trenzado entre los planes y la imaginación. Hay cosas que no sabes de mí, Isaac. No son muchas ni pocas, son todo lo que me conforma y que a veces me gusta olvidar y a veces atesorar. Es mi silencio, mis silencios, unos llenos de ti, otros vacíos de mí. Es que yo no he estado nunca sola. He estado aparte, sí, y ausente, pero sola nunca. Primero fueron mis padres, luego Ricardo y después llegaste tú. Entre vosotros no ha habido una Serena a solas, nunca. He cruzado los puentes que me han llevado de una orilla a la otra porque siempre ha habido la orilla de partida y la de llegada. Esta línea, esta cuerda, me anuncia el vacío y yo así no sé, Isaac. Esta cuerda da vértigo y miedo. No puedes irte así, sin avisar. Serena es dura pero no es fuerte. Serena es pez de pecera, no de mar. ¿Lo pensarás? ¿Me ayudarás? ¿Te quedarás?

02:00 – Se acaba el tiempo, Isaac. Cercana a tu muñeca, te acaricio con el pulgar la cuarta de tus cuerdas, la más grave. Esta línea tiene el nombre de Elsa, tu madre. Está ahí fuera, en la sala de espera, contando los minutos que faltan para que me reúna con ella. Ella entrará a verte mañana. Hoy me ha dejado a mí. Tu madre habla poco. Dice que no sabe llorar y me ha hecho prometerle que si llega lo peor y no vuelves y no la juzgaré si no veo lágrimas en ella. Me ha contado cosas. De ti. De tu padre y de ti, de él contigo. Elsa tiene que hablarte, ayudarte a recuperar lo que no recuerdas, y tiene que saberse escuchada, tiene que verte atento, tiene que verse en ti. Dolerá, sí, pero tienes que hacerlo por ella. Está hinchada de pasado encubierto y a veces suelta verdades que yo no sé dónde encajar, secretos que no es conmigo con quien debe compartir sino contigo. Esta línea de tu mano es la de tu madre, Isaac, y yo no tengo espalda suficiente para cargar con ella. Hazle sitio, dale una cita y escúchala para que no tenga que seguirse escuchando contra sí misma. Es la cuerda de lo que se recibe al nacer. La del agradecimiento.

00:30 – No puedo seguir tocando, Isaac. Se me acaban los minutos y tengo que irme ya. Dentro de unos segundos sonará el timbre y dejaremos de estar aislados. Pero hay algo que debes saber antes de que vuelva a verte: hoy no puedo despedirme con un «te quiero», cariño. No puedo porque te estaría engañando, y en este momento es tanto el miedo a que no estés, el dolor anticipado y la mezcla de rabia y de pena que me crujen por dentro, que no tengo sitio para el amor. Si te quiero lo hago con todo eso, con la rabia, la pena, el dolor y el miedo y sé que es feo querer así en un momento como este, pero es lo que tengo. Siento muchas cosas, Isaac, pero no sé si son amor o necesidad y me veo sucia. Te necesito, sí. Te necesito aquí, entendiéndome, viéndome tocar en la terraza, dejándome vivir envuelta en todo lo que me das. Pero no sé si esto es quererte. Te necesito también a ti para que me lo digas, para que me digas que sí, que te quiero, que te he hecho sentir querido. Te necesito aquí, Isaac. No te me vayas.

Levanto la mirada al oír un bip que no es el de los monitores y veo parpadear el reloj sobre el cristal. Al otro lado, Ainoa me mira y en sus labios hay una sonrisa que no dice nada. La puerta de la cámara de aislamiento se entreabre y salgo de mis treinta minutos con Isaac al cuarto de baño, exhausta y sudada. Crujen la bata, el gorro, la mascarilla y las protecciones para los pies. Cruje el papel verde y la toalla blanca y rasposa con la que me seco las manos y la cara. En el espejo Serena cruje también y yo la veo porque Serena soy yo y me encuentro mayor, toda ojos. De pronto me sorprendo pensando que tengo cuarenta y cinco años y que a pesar de todo lo rezado, lo aprendido, lo memorizado, no recuerdo ninguna oración y me pregunto si no será que he perdido la fe, que algo ahí dentro me ha dicho que no, que con Isaac el tiempo es un descuento. Y que no volveré a verle con vida.

–¿Todo bien? –me ha preguntado la voz de Ainoa desde la puerta que da al pasillo. Al verme sobresaltada ha vuelto a sonreír, esta vez disculpándose. No he sabido qué responder, así que he mentido.

–Sí, gracias.

Se ha acercado un poco, quedándose clavada entre la puerta y el lavabo.

–Elsa ha vuelto al hotel. Me ha dicho que estará en su habitación, que si quieres que cenéis juntas, que pases a buscarla a eso de las ocho y media, no antes. Necesitaba descansar un poco.

Que nos veamos para cenar. Elsa se ha refugiado en su habitación, preparándose para su media hora de mañana. Debe de estar sentada delante de la ventana, paseando la mirada sobre el canal. Elsa tiene una línea en la mano de Isaac. Para ella sola. Por madre. Debe de matarte imaginar que esa línea pueda de pronto no estar. ¿Cuál es el vacío que hay debajo de esa línea? ¿Cuál es el suelo sobre el que camina una madre sin hijo? ¿Cómo es esa pena? De pronto siento un hueco en el estómago, un agujero hondo y lleno de nudos que se me abre cuerpo arriba como un resorte de asco y mareo. Algo falla, me falla. Algo sube, un algo que quiere aire, que quiere salir y escupir. Algo no cabe. Antes de cerrar los ojos, alcanzo a ver en el espejo a Ainoa acercándose a mí con un par de zancadas y ojos de alarma. Algo no cabe, no, y Ainoa me pone la mano en la frente justo a tiempo. Me inclino sobre el lavabo y me suelto en una arcada llena de agua, barro y sal. Llena de Elsa. Llena también de Venecia.

Ainoa nos espera al fondo del pasillo. Serena camina a mi lado con su brazo anclado en el mío, tirando de mí. Ayer no cenamos juntas. No llamó y yo no insistí. Desde mi ventana fue cayendo la noche sobre los tejados, dibujando pequeñas aguas en el canal. Hoy vengo a ver a Isaac. Me toca a mí sentarme con él. Ainoa nos mira, enmarcada contra las puertas blancas que dan acceso a no sé dónde, un no sé dónde al que desde el principio nos está prohibido pasar. Nadie más en el pasillo. Al pasar por delante de la sala de espera, un hombre nos saluda desde dentro, enmarcado en el mar blanco de baldosas que conozco bien. Tiene la mirada encogida y las manos sobre las piernas. A su lado, una mujer no levanta la cabeza. Seguimos hacia el fondo, yo colgada de Serena, Serena reposada desde ayer, cambiada, más pegada al suelo que no lo es tanto porque en Venecia todo es agua. De la mano que no tira de mí, de la otra, cuelga su violín, la funda negra y gastada. Hay besos para las dos desde la bata blanca y los zuecos de Ainoa. Hay una sonrisa tiesa y una pequeña mancha roja entre tanto blanco que por un segundo, y sin pensar, froto con el dedo, confundiéndola con un trozo de algo. No sale. No sigo.

A la pregunta de cómo sigue Isaac, Ainoa responde:

–Evoluciona bien. Favorablemente.

A la pregunta de si ha pasado buena noche, responde:

–Sí. Ha sido una noche tranquila.

A las preguntas de «cómo hemos venido a parar aquí mi hijo y yo», a la de «quiénes eran el hombre y la mujer que están en la sala de espera, quién se les muere, de quién han venido a despedirse», a la de «cuántos paréntesis de treinta minutos crees tú que puede soportar una madre sentada junto a su hijo enfermo», a la de «cuánto tiempo me queda con él y cuánto sin él si se me va»... a todas esas Ainoa no responde porque no tengo voz con que formularlas. Aquí no hay espacio para las preguntas de las madres, ni las de las esposas, ni las de la gente que además de estar aquí por necesidad, necesitamos que alguien nos ayude a empujar el tiempo con el hombro, que se haga cómplice de nuestra espera. Aquí sólo hay espacio para este olor a hospital que lo llena todo, este olor a cariño hecho mierda. No hay más respuestas. Hay treinta minutos por delante y una Ainoa que nos acompaña por un nuevo pasillo hasta el ventanal desde el que ayer vi a Serena leyendo en las líneas de la mano de Isaac.

Hoy me toca a mí, sí. Vengo preparada.

Ainoa desaparece y vuelve con una silla que coloca junto al ventanal.

–¿Estás segura? –pregunta Serena, mirándome con la duda en los ojos.

Le respondo de espaldas. No quiero más preguntas.

–Sí.

La mirada de Ainoa se refleja contra el cristal. Hace media hora le he dicho por teléfono:

–Quiero que Serena toque esta tarde –no he pedido

nada. Sólo he dicho lo que quiero, y es que toque Serena–. Necesito oírla tocar.

Ainoa ha vacilado.

–Quiero tenerla sentada fuera –he insistido–. Junto al ventanal. No molestará.

Llega la silla. Ainoa la coloca de cara al ventanal que comunica con la habitación. Serena se adelanta hacia ella, la coge por el respaldo y le da la vuelta, apartándola del cristal y apoyándola de espaldas a la pared. Yo no la veré desde dentro cuando se siente.

–No te veré desde dentro –le digo. Se ha sentado de cara al pasillo con la cabeza apoyada contra el marco metálico de la pecera. Levanta la mirada.

–No, no me verás.

No me hará falta. Para las que no somos Serena, la música sólo se oye, no se ve. Para ella es distinto porque toca con los ojos, fabrica música con la mirada. La primera vez que Isaac me llevó a verla tocar entendí cosas. Una de ellas fue que con una mujer así en nuestras vidas, la vida debía cambiar. La vi tocar con esos ojos cerrados y empecé a verla desde lo que la oía tocar. Había música en Serena, no desde ella. Había música para ella porque sabía verla.

Con la ayuda de Ainoa he entrado en el cuarto de baño en el que la salud se cubre de verde para no volverse negra. Después me he reunido con Isaac.

El reloj en las alturas. La cuenta atrás. Silencio hasta que llego junto a la cama y me siento junto a mi hijo. Luego, entre el silencio emergen despacio los pitidos de los monitores, intercalados, matemáticos. Si dejo de respirar el aire que filtra la mascarilla, oigo cómo cobra sonido la vida en la habitación. Es el ruido de la enfermedad: los líquidos entrando en el cuerpo de mi hijo por los tubos transparentes, el zumbido de los monitores, la electricidad que lo llena todo. Hace calor y yo no sé por dónde empezar. Nunca se me ha dado bien empezar.

–Si empezara pidiendo te pediría tiempo, Isaac –digo como puedo–. Te pediría que te quedaras, que lucharas, que siguieras aquí conmigo, con tu madre. Podría empezar así y llenar mis treinta minutos de ruegos, pero prefiero ahorrártelo. No se me ha dado nunca bien pedir y lo sabes. Los dos lo sabemos.

Más pitidos, más tubos. Química.

–También podría empezar imaginando, aunque para eso no te necesito, ni a ti ni a nadie. Para eso me he bastado siempre sola, como todos. Imaginaría cosas a las que tendría que renunciar, imaginaría lo deseado, lo invocado, lo que quizá no llegue a vivir nunca contigo. No quiero hacerme eso.

»Voy mejor a contarte cosas, hijo, las que sólo se dicen a alguien que no puede contestarte, que quizá ni siquiera te oye. Son cosas que debes saber. Entre tú y yo.

»Dice el médico que si mejoras volverás a ver, a oír y a sentir. No asegura cómo, no sabe si bien o mal. Estudiará el tumor que te tiene así y decidirá si vale la pena operar. Decidirá él y decidiré yo. Y tú, si estás en condiciones. Pero eso será entonces. Ahora quiero que sepas cómo te quiero, Isaac.

La cortina metálica se balancea ligeramente contra la pared, acariciando el metal. Aquí todo se oye.

–Quiero al Isaac que has sido hasta aquí, el hombre que yo he parido y que me ha acompañado desde siempre hasta que llegamos a Venecia y todo se manchó. Quiero al que me has dado –respiro hondo contra la mascarilla de papel. Huele a cerrado–. No te quiero mal y tampoco sin vida, no quiero un Isaac con ojos, oídos, manos y pies y un presente continuo mal hecho, mal reconstruido. Soy tu madre y daría mi vida por ti, pero no me han dado esa posibilidad y para las demás, para las que se anuncian al otro lado del cristal que da al pasillo, no estoy preparada. No lo estoy para verte doler, no para que te me vayas despacio, no entiendo la agonía, no la quiero. Si te quedas, quédate con vida, entero. Si no, será mejor que te vayas. Pase lo que pase, yo saldré adelante, hijo, aunque en este momento no sé cómo porque para eso hay que tener un «adelante» y yo sin ti no lo tengo. Esto se ha roto, cariño. Esta madre y este hijo se han roto y aquí, aislados tú y yo, tenemos que estar preparados. Los dos. Yo no lo estoy. Hablo así para oírme y creerme porque si me callo dejaré de respirar y no me acordaré de volver a hacerlo. Hablo para seguir viva, para que mis órganos funcionen y porque sé que cuando hablo me entra y me sale el aire. El dolor no, no sale. La pena tampoco.

Estos son los ruidos de la enfermedad que quizá esté matando a mi hijo, un vaivén lento y pesado como una resaca llena de piedras, un quejido dormido que se expande y se contrae a mi alrededor, envolviéndome en él cada vez que Isaac inspira y espira. Es la máquina que respira por él para que sus pulmones sigan funcionando, el mismo balanceo entre la vida y la muerte que viví yo hace muchos años en un cuarto de baño, apoyada contra la pared, viendo a Álvaro flotando en el agua de la bañera, cubierto hasta la barbilla y respirando vaho. Es la semana que pasé refugiada aquí, en Venecia, a su muerte, colgada de mi ventana, decidiendo yo también si volar desde lo alto hasta romper el agua sucia del canal o volver a Barcelona y a Isaac. Es lo que vino después: la respiración de Álvaro llenando cada segundo,

156

persiguiéndome por la casa, fundiéndome en el primer whisky de la mañana, primero amargo, amarillo, luego ya no, luego bienvenido, calmante. Es la respiración de Isaac la que se encuentra ahora con la de su padre, aire contra aire, hombre tras hombre, y soy yo la que vuelvo a no poder, la que tengo que salir para que esta niebla de aire que alimenta a mi hijo deje de sonar. Hay luz ahí fuera y yo la necesito. Esta no es la música con la que quiero acompañar esta imagen.

Estoy de pie y he llegado a la puerta. Sudo tanto que tengo el gorro pegado al pelo y noto el agua que ha quedado contenida en la goma que me aprisiona la frente. Estoy varada contra la puerta, huyendo de la niebla, de este puente que une a padre y a hijo, que me deja fuera. No veo, no quiero. Tan sola no.

De pronto llega Serena desde el otro lado de cristal. Serena y su violín deslizándose entre la resaca que cubre la habitación como la quilla de un velero sobre el silencio del fondo. Es música y dice cosas que no entiendo pero que me hacen bien porque me las dice a mí, porque me empujan y me llegan.

Es compañía.

Es su dolor sobre el mío. Y cariño.

Es volver a vadear el aire de la habitación hacia la cama en la que Isaac navegará también como una balsa río abajo, atado todavía a los tubos y cables que le unen a la orilla, y llegar hasta él empapada en sudor y en pena. Es la vuelta a casa, decidida a matar el tiempo que me queda, a quedarme con lo que es mío. Es tomarle de la mano mientras al otro lado del cristal el violín de Serena se hace líquido y se cuela por las rendijas de este hospital para llorar lo que nadie se atreve, para ponerle nombre a lo que nadie entiende.

Es mi mano sobre la de Isaac, mi espalda de madre encorvada sobre su cuerpo de hijo, es lo natural, lo que siempre ha sido. Es Isaac y soy yo, y la mascarilla que hasta ahora me tapaba nariz y boca chapotea en el suelo junto al gorro que ya no llevo. Es el beso al que tengo derecho, a pesar de los cables, de los ruidos y de lo que se me han llevado. Es mi hijo, mierda, y yo una madre que quiere despedirse. Por si le pierdo. Porque tengo derecho.

Serena toca sus cuerdas de espaldas a nosotros. El arco de su violín asoma contra el ventanal cada pocos segundos, deslizándose sobre el cristal desde su hombro, sin tocarlo, y es tan bello lo que suena que sólo suena eso, acunándonos a mí y a Isaac sobre esta tarde de septiembre en una Venecia que desde aquí sólo se intuye. Hay música esta tarde, en lo que queda de esta media hora, y yo descanso acurrucada contra mi hijo, con mi boca contra su oreja, mis piernas sobre las suyas, pesándole poco, ligera, ligera yo porque en mí sólo pesa la pena y el miedo, mi brazo sobre su pecho, entre tubos, entre cosas que no son él. La oreja de mi hijo sigue oliendo a él. Así huele Isaac, sí. Reconozco a mi pequeño por el olor de lo que no ha perdido, de lo que tiene de vivo. Sudo sobre él, envolviéndolo en mis gérmenes, en todo lo mío para que me sufra menos. Y le hablo al oído. Claro que sí. Le hablo para que me oiga, para que me entienda, ondulándonos los dos sobre el violín de Serena, sobre la música que ella ve. Le repito mi nombre para que se lo lleve fresco si se va, para que no me olvide nunca. Mi nombre una, cien, mil veces. Elsa. Elsa. Elsa. Que se vaya con él si decide irse. Se lo regalo. Ya no lo necesito.

158

Hay en Venecia muchas leyendas, algunas tan hermosas que parecen verdad. Muchas tienen que ver con el agua, con los puentes y con la pérdida. Los venecianos son maestros en inventar historias para no dormir porque sobre el agua es difícil conciliar el sueño y el insomnio despierta la imaginación. Venecia no duerme, navega alrededor de la laguna al caer la noche, buscando agua nueva, removiendo el fondo de barro y tesoros para no hundirse, para aguantar a flote. Para contar.

Dice la leyenda que todo lo que se habla sobre los puentes de Venecia al caer la noche –los secretos, las confesiones y las verdades– se acumula sobre los pilares que sustentan la ciudad, creando nuevos puentes en algún otro rincón del laberinto, fabricando infinitud. Son los secretos compartidos los que no dejan que Venecia muera. Dicen también que, para quien sabe escuchar, el agua de la ciudad tiene mensajes. Hay quien los llama música.

Elsa camina agarrada a mí desde que hemos salido del hospital. No me suelta y su brazo empieza a pesar. Es noche cerrada. Andamos lentas las dos, bordeando un estrecho canal hasta la entrada de un puente que se pierde entre dos edificios mal iluminados. Al llegar a la barandilla, se apoya en ella y se detiene en seco. Luego se vuelve hacia mí.

—Me he perdido treinta y tres años de la vida de Isaac —dice de pronto con la voz rota.

No es una pregunta, tampoco una reflexión. Es una confesión real, masticada y escupida a bocajarro. Es verdad.

—Ya lo sé.

—Necesito una segunda oportunidad —suelta sin mirarme, bajando los ojos hacia el suelo—. No que me perdone. No quiero ningún perdón. Lo que quiero es una oportunidad. Otra. No puede negármela. No está bien.

Y yo necesito seguir andando. No me gusta verme aquí, tropezada contra Elsa. No me gusta este principio. El puente nos espera, a las dos, y me muevo hacia delante. Ella tira de mí.

—Isaac me dijo la tarde antes de que tú llegaras que quizá la vida no sean más que unas vacaciones. Unas vacaciones de la otra, de la de verdad.

No digo nada porque no tengo nada que decir. Ella sí. Sube un escalón y vuelve a apoyarse contra la barandilla. Luego gira sobre sí misma y se sienta. No me suelta.

—Quiero preguntarte dos cosas, Serena.

No me gusta. No me gusta estar esta noche aquí, en este puente, orillada contra Elsa. No me gusta su mano tirando de mí para que la escuche. Deberíamos estar en el hotel. Cerca. Ubicadas. No aquí. El puente se levanta sobre el agua como un balcón sobre un suelo negro. Si me asomo quizá vea algo que no he visto hasta ahora. Elsa empieza y sus palabras se cuelan entre las grietas de la barandilla hasta caer al agua. Las oigo gotear.

–¿Sabes por qué Isaac no puede morirse ahora?

Duele. Duelen el tono y el fondo. Duele esta mujer mayor sentada en la escalera, recogida entre el agua y la noche. Duele lo que dirá y lo que no dirá. Duele la madre.

–No, no lo sé.

Sonríe. Es triste pero es sonrisa.

–Porque tiene que devolverme mi nombre –me mira y no sé lo que estará viendo en mis ojos, no sé qué sombras proyecta la luz del farol sobre ellos, pero es algo que la anima a seguir. Tengo miedo. Miedo a la locura que se anuncia en esa frase.

–Elsa...

Levanta la otra mano y me toma del brazo.

–No. Elsa, no.

No la entiendo. No la entiendo y ella sigue sonriendo.

–Mamá. Con Isaac, Elsa no existe. Sólo existe «mamá». Elsa soy para ti, para el recuerdo, lo fui para Álvaro. Para Isaac, no. Isaac no se despidió de mí esa noche cuando me llamó desde su habitación para pedir ayuda. No llegó a despedirse del todo. Buenas noches. Eso fue lo que dijo. Eso repetía una y otra vez al teléfono hasta que de pronto no hubo más. Buenasnoches-buenasnochesbuenasnoches. No «mamá». No «adiós, mamá». No, no se despidió e Isaac no es así. Él no. Es mi hijo y le conozco bien. No se irá dejándome así. Eso lo sabe una madre, nadie más.

Silencio. Elsa se calla y se hace un silencio sólido sobre el puente. Se calla Venecia y los oídos de los insomnes, de los forjadores de leyendas, se pegan al agua para empezar a inventar. Venecia iza velas.

–¿Cuál es la segunda?

Me mira. Su frente arrugada no me sigue, busca a tientas.

–Has dicho que querías hacerme dos preguntas –me oigo decir–. ¿Cuál es la segunda?

Navegan los barcos sobre la espuma de la ciudad. Navega la noche sobre las cúpulas y la humedad. Navega la paz sobre dos mujeres apostadas contra la barandilla de un puente porque así es la vida, un laberinto de preguntas y respuestas, de golpes de sinceridad que a veces duelen y a veces refuerzan los pilares de una ciudad entera, del sueño no dormido de miles de insomnes. Navega la voz de Elsa sobre el puente, caracoleando entre las columnas de piedra hasta llegar a mí con su pregunta. Navegan sus palabras entre dos interrogantes:

–Si yo fuera tu madre, tú... ¿me querrías?

Entre los escollos de mi pecera se cuela una luz que me llena la garganta porque de pronto, entre lo oscuro, veo tierra firme. Alguien ha abierto el cielo para mí sobre este puente, encontrando las palabras que le faltaban a mi crucigrama. Elsa pregunta lo que nadie me ha preguntado jamás. Es una pregunta valiente, y hay tanto miedo a mi respuesta en sus ojos que su valor merece un regalo, me merece entera, a mí y a lo que llevo dentro. Elsa pregunta como quien hace la mejor ofrenda y yo no tengo frenos para unos ojos como los suyos, para este milagro que somos ella y yo aquí, sobre el agua, atadas al amor de Isaac. No puedo hacerla esperar más. No quiero.

–Estoy embarazada, Elsa.

Parpadea confusa, maravillada, antes de abrir la boca y volver a cerrarla mientras con sus manos sigue tirando de mí hacia ella, clavándome las uñas como

162

una niña muda, boqueando, tan feliz que temo por ella, por su cordura, por la templanza del dolor que hasta ahora ha sabido contener. Elsa tira de mí hasta tenerme pegada a ella, su boca buscando mi oreja, murmurando cosas, muchas, distintas, articulándose en una palabra con la que resumirlo todo, todo lo que quiere decir, lo que imagina, lo que intenta compartir conmigo. Y es ahí donde me encuentra. Su voz contra mi oído. Su palabra. Resumiéndome.

–Gracias.

Y las gracias de Elsa se me agarrotan en la garganta, abriéndome en cientos de canales, vertebrándome en ciudad por la que circule la sangre que llevo dentro, la vida que contengo. Gracias, sí. A Isaac por haber llegado a tiempo, gracias que se me encajonan en los ojos esta noche, que me llenan de agua, vaciándome el silencio de la pecera. Estoy embarazada, sí. Y a la pregunta de Elsa, mi respuesta es sí. Sí, a todo. Sí, te querría porque te veo querer a Isaac y tu forma de hacerlo me vuelve hija. Porque te veo esperar como no he visto esperar a nadie. Porque quiero aprender a querer así. Porque entiendo que no sepas llorar. No toca, no. No toca llorar todavía. Querría una madre así porque si Isaac se va voy a necesitarte, te voy a hacer necesaria. A tu pregunta mi respuesta es: sigue adelante conmigo, Elsa, sigamos las dos juntas. Nuera y suegra, madre y abuela. Isaac decidirá, su vida decidirá. Esperémosle juntas. Hazme sitio. Gracias, sí.

Elsa llora en silencio sobre Venecia y los insomnes escriben al abrigo de la noche. Las lágrimas de Elsa son sencillas, me acarician el oído y se deslizan por mi barbilla hasta caer sobre la piedra del puente. No sabe llorar, aprende sobre la marcha, apoyada en mí mientras volvemos hacia el hotel entre los puentes y canales de esta ciudad de agua como dos mujeres cansadas. De vez en cuando me pone la mano en el estómago y sigue llorando. Luego volvemos a andar. Hay poca gente en la calle. Encontramos el hotel cruzando un puente en el que ninguna de las dos había reparado hasta ahora. Quizá es que no estaba aquí cuando llegamos.

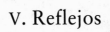

V. Reflejos

–Ven.

Es Elsa desde la ventana. Esta tarde la luz se tiñe de naranjas y ocres ahí fuera. Ven, me invita. Me levanto de la silla y me acerco a ver. Sin miedo. Su «ven» no amenaza, no lleva ningún mensaje más. Es sólo un «ven y acompáñame porque me gusta compartir cosas contigo». Desde la ventana vemos pasar sobre el *ponte dei Mendicanti* las velas blancas de decenas de veleros. Una regata. Las velas juegan, compiten en este mar calmado y urbano, como los niños en un patio abierto. El sol se refleja en todo lo que toca. Octubre ya. Seis semanas ya. A nuestra espalda, Isaac respira tranquilo, envuelto en esta luz amable y natural. Una gran cicatriz le rodea la cara como una diadema y tiene la mirada distraída, prendida de todo lo que se mueve entre estas paredes blancas y grandes ventanales como si quisiera aprender a saber de golpe. En su cabeza, en la caverna de su cerebro, se levanta todavía un diez por ciento del monstruo que la habitó, el que le toca lo intocable, el que no debe tocarse. El resto no está. No hay presión, sólo cicatriz y la suerte dormida que nos dará los plazos de su vida. Habla poco y no sabe nombrar. Las palabras las recuerda, sí, pero no lo que significan, no sabe con qué relacionarlas. Desde la operación, Elsa y yo vivimos prácticamente instaladas aquí, haciendo turnos que no son porque nos pisamos los horarios, respetando poco. Cuando Isaac habla jugamos a las adivinanzas con él. Todo es un juego desde que ha vuelto. Si sigue evolucionando así, dentro de unos días volveremos a Barcelona y tocaremos tierra. Firme no sé. No sé si volveremos a tocarla. Tocaremos casa, como cuando éramos pequeños y jugábamos a tocar y a parar. Casa. Refugio. Abrigo. Salvados.

Desde aquí, la ciudad sigue siendo una red de rincones en los que se me pierde la vista. Elsa y yo respiramos distinto, como si hubiéramos logrado salir de un laberinto que pintaba mal, deslavazadas, exhaustas, pero enteras. A veces me mira y sonríe. La veo feliz, feliz con su segunda oportunidad y con su certeza de madre, sentada durante horas junto a Isaac, enseñándole a nombrar, preguntando una y mil veces hasta acertar con la pregunta: «¿quieres agua? ¿leche? ¿pipí? ¿revista? ¿te leo? ¿duele? ¿enfermera?». Elsa pregunta e Isaac la mira como si no la conociera. Entonces ella aparta la mirada y sigue a lo suyo. De vez en cuando necesita saber más. «¿Quién soy?», pregunta. «¿Quién, quién, quién, quién?» Isaac se concentra en ella y sonríe. Sabe quiénes somos y lo que ha pasado. Sabe que el monstruo de su cabeza ya no aprieta, que ve, oye, se mueve y piensa, entiende. Sabe cosas. Entonces contesta: «Mamá». Y Elsa traga saliva porque con cada «mamá» él vuelve a darle una segunda oportunidad que ella atesora como una concha viva, tan llena de él que durante unos minutos en Elsa no cabe nada más, sólo ella y sus ganas de seguir aquí, viendo el milagro.

Las velas siguen triangulando el azul ahí abajo e Isaac nos llama con un quejido. Las dos corremos a la cama. «¿Qué pasa, qué tienes, dolor, lavabo, enfermera, hambre?» No. No es eso. Isaac levanta la mano y me señala a mí y Elsa suelta una carcajada alegre.

–¿Quién es, hijo?

Él me mira con ojos de niño alegre. Luego abre la boca y busca mi nombre en lo que el recuerdo empieza a liberar en su cerebro, pero no me encuentra. Es demasiado largo, está demasiado oculto todavía.

–Casa –dice.

Elsa chasquea la lengua.

–No, Isaac. Prueba otra vez.

Él frunce el ceño y vuelve a probar suerte.

–Cama.

–No, cariño –responde Elsa con una risa abierta, llevándose una mano a la cara con fingido pudor–. Todavía no.

Isaac no deja de mirarme. Está concentrado en mí y le veo mover la lengua en la boca cerrada. Pasan unos segundos de silencio claro y esforzado hasta que de pronto abre los ojos y tiende la mano hacia mí. Despacio, muy despacio.

–Ven –dice.

«Ven.» Así me llama. «Ven.» Y durante una décima de segundo me veo una vez más encerrada en ese «Ven» que nunca trajo nada bueno, que siempre dolió, una orden llena de huecos malsanos, de regañinas, de la Serena equivocada, de la que nunca debió ser. Ni ir. Elsa me mira desde el otro lado de la cama y su mirada tira también de mí. «Ven no, Isaac. Otra cosa, lo que sea. Todo menos ven», quiero decirle. Y al levantar los ojos me encuentro con su mandíbula torpe volviendo a formar una palabra, ordenando sus letras con la lengua, las manos apretadas sobre el edredón que le cubre las rodillas. Forcejea, articula, busca, busca, busca. Y, cuando por fin decido ceder y salvar la distancia que me separa de él, cuando me abro a que duela si así debe ser, él sonríe triunfal y me descubre errónea, clavándome al suelo con su voz de niño recuperado a la vida. Su «Ven» tiene segunda parte y no es ya orden, ni mal augurio, ni rincones sucios. Su «Ven» es sólo una sílaba, la primera de más, el primer puente de una breve sinfonía de notas que en su voz, en esta tarde de sol, suenan así:

–Venecia.

Trago saliva. Isaac me mira y me llama Venecia y yo sé que, a pesar de su mirada nublada y de su gesto ausente, me está viendo, que me entiende, que es Isaac en toda su grandeza. Que está vivo y yo también.

Que esto es la vida.

Y que no duele.

Y que esta noche, como todas, los insomnes saldrán a buscar leyendas a los puentes de la ciudad para seguir construyendo el presente de esta historia. Ni Elsa, ni Isaac, ni yo estaremos. Les veremos desde aquí, buscando alguna verdad que convertir en emoción pura. Alguien hablará en algún rincón de la ciudad y el agua recogerá sus palabras y se las llevará al fondo de la laguna para que en algún extremo de esta inmensa nube de palacios y olor nazca un puente nuevo. Con dos orillas. Alguien dirá «Ven» y los ecos de la laguna rebotarán contra la calma de la noche, y en la humedad de las paredes rebotará el nombre de esta ciudad que hoy tiene luz y que tiene nombre de leyenda.

Agradecimientos

Mi más sincero agradecimiento a Sandra Bruna, porque ya son años juntos; a Sybille Martin, traductora y amiga; a las mujeres Pubill, claro; a Menchu Solís, por los abrazos; a Marta Domingo y a Clara Segura, por la energía; a Alicia Quadras, por Sitges; a Quique Comyn, por lo que nos une; y sobre todo a Rulfo, que sigue durmiendo a mis pies mientras escribo, esperando fiel su paseo.

Últimos títulos publicados